Werner Mockenhaupt
Wahre Geschichten

20 Episoden mit autobiographischen Bezügen

.

Copyright: © 2017: Werner Mockenhaupt
Verlag: tredition GmbH, Hamburg

Printed in Germany

978-3-7439-8205-5 (Paperback)
978-3-7439-8206-2 (Hardcover)
978-3-7439-8207-9 (e-Book)

Bibliografische Information der Deutschen Nationalbibliothek:
Die Deutsche Nationalbibliothek verzeichnet diese Publikation in der Deutschen Nationalbibliografie; detaillierte bibliografische Daten sind im Internet über http://dnb.d-nb.de abrufbar.

Inhalt:

Auf nach Frechen

1964 entschlossen wir uns, mit viel Kopfzerbrechen und vielen schlaflosen Nächten, in eine andere Stadt zu ziehen, um uns dort wieder neu selbständig zu machen.

Erst drei Jahre lebten und arbeiteten wir hier in Dülken, ich als selbstständiger Konditormeister, meine Frau als Konditorei - Fachverkäuferin. Es gefiel uns nicht mehr, denn es waren harte Zeiten für uns in dieser kleinen Stadt am Niederrhein, mit sieben Wochentagen und unzähligen Arbeitsstunden. Es ging zwar bergauf, aber sehr langsam. Jeden Morgen mussten wir abgezählte Brötchen an bestimmten Haustüren ablegen, die uns von einem Bäckermeister angeliefert wurden. In unseren gemieteten Räumen gab es wenig Platz. Ich hatte nur einen alten Konditorbackofen, den ich mit übernehmen musste. Zum Brotbacken war er nicht geeignet. Allerdings war die monatliche Miete für uns noch vertretbar, aber eine Erweiterung war nicht möglich.

Natürlich gab es auch Erfolgserlebnisse. Wenn die Brötchenkunden samstags bezahlten und unsere schöne Kuchentheke mit den vielen verschiedenen Sahneschnittchen, Obsttörtchen, Florentiner und all den anderen Konditoreiwaren sahen, ging kaum einer aus den Laden, ohne etwas Süßes mit zu nehmen.

Trotzdem hatten wir uns endlich entschieden in einer größeren Stadt unser Glück zu versuchen.

Von Anfang an hatten wir Köln angepeilt, denn dort lag die Mitte zwischen dem Siegerland, meiner Heimat und dem Niederrhein, der Heimat meiner Frau. Beide Elternpaare lebten noch und auch alle unsere jeweiligen Geschwister. Manchmal hatte ich auch noch Heimweh nach meinem geliebten Niederfischbach.

Über die Fachzeitung erfuhren wir, dass in "Köln-Frechen" für uns ein passendes Lokal sein könnte.

Wir waren zwar noch nie dort gewesen, aber neugierig waren wir schon immer. Eines Nachmittags fuhr ich also, zunächst allein, nach Frechen. Jetzt nur noch Frechen, denn die Anzeige in der Fachzeitung war nicht richtig. Frechen war eine selbstständige Stadt. Wir hätten zwar gerne die große Stadt Köln in unserer Adresse gehabt, aber zunächst akzeptierten wir jetzt auch Frechen. Die Stadt war größer als Dülken, die Geschäfte waren interessanter und die Menschen waren freundlich.

Mir gefiel es sofort in Frechen, obwohl unser Steuerberater aus Niederfischbach sagte:

„Du willst doch wohl nicht immer in Frechen bleiben?"

Das Café lag in der Antoniterstraße, also mitten im Zentrum und hatte dreißig Sitzplätze. Also genau das, was wir suchten. Dann gab es in der dritten Etage auch noch eine freie Wohnung. Die jetzige Mieterin hatte einen zehnjährigen Mietvertrag. Weil ihr Mann verstorben war, suchte sie einen Nachfolger.

Aber nun fing es an schwierig zu werden. Es sollte ein Vertrag entstehen, der von drei Parteien unterschrieben werden sollte. Als ich dann auch noch den geforderten Betrag hörte, musste ich erst mal schlucken. Wir hatten durch eisernes Sparen schon etwas zurückgelegt, aber diese Summe war der Hammer. Ich marschierte also zunächst zum Hauseigentümer, welcher ganz in der Nähe wohnte. Er sagte mir kurz und bündig: "Bevor ich von der Mieterin die Kündigung nicht in der Hand habe, werde ich keinen neuen Vertrag unterschreiben. Für mich war das jetzt auch logisch.

Die Mieterin erklärte mir: „Bevor ich das Geld für das Inventar nicht in der Tasche habe, unterschreibe ich auf gar keinen Fall die Mietkündigung. „Ich hatte noch so etwas wie Vertrauensbasis im Kopf, aber das klappte nicht. Für mich war das alles zu kompliziert und unübersichtlich. Ich war zwar noch ein junger stolzer Konditormeister, aber für hieb-und stichfeste Verträge war das zu wenig. Als ich 1956 meine Meisterprüfung ablegte, ging es noch hauptsächlich um schöne Torten, um verschiedene Sorten Pralinen und attraktive Dekorarbeiten, vielleicht noch etwas um gesetzliche Bestimmungen, aber das war es auch schon.

Mit einem Rechtsanwalt über einen Vertrag zu sprechen kam mir gar nicht in den Sinn.Ich wollte mit dieser Branche nichts zu tun haben. Das hatte mir mein Vater schon eingeredet: „Versuche nach Möglichkeit ohne Rechtsanwälte durchs Leben zu kommen." Er selbst hat es auch fertiggebracht. Ich setzte mich wieder in mein kleines Auto und fuhr ohne Kommentar wieder zurück nach Dülken. Auch meine Frau unterstützte mich mit meiner Entscheidung. Sie machte weiterhin außer dem Laden unsere Buchführung und kümmerte sich um unseren Sohn Andreas.

Aber siehe da, nach vier Wochen kam ein Brief aus Frechen. Der Eigentümer kritisierte mich, weil ich mich nicht mehr gemeldet hatte. Wir vereinbarten einen Termin, in welchem ich meine Schwierigkeiten schilderte. Er nahm nun alles selbst in die Hand und berücksichtigte auch meine vielen Fragen. Auch die Verhandlungen mit der Mieterin übernahm er.

Am dritten Dezember ging es dann los, mit Kind und Kegel nach Frechen.

In der Zwischenzeit versuchte noch ein Freund aus Düsseldorf, seines Zeichens Kriminalist, mich zu überreden, in Dülken zu bleiben. „Was, du willst nach Frechen"? fragte er mich. Als ich diese Frage bejahte, meinte er: „Bis nach Köln erwischen wir die Übeltäter fast immer, aber in Frechen verlieren wir jede Spur". Aber erstens konnte ich nicht mehr zurück, und zweitens übertrieb er auch manchmal.

Einige Tage später, waren wir unterwegs, der Blick auf unser gesamtes Hab und Gut, im vor uns fahrenden Möbelwagen. „Auf nach Frechen", sagte ich zu meiner Frau.

Dort angekommen waren wir froh und zufrieden, dass bis jetzt alles so gut geklappt hatte, bis auf ein kleines Eimerchen mit gezuckerten Sauerkirschen, welches nicht mehr aufzufinden war. Aber dieses einzige Malheur war zu verschmerzen.

Nun waren wir also in Frechen. Wir waren zunächst sehr unsicher, es war alles anders. Wir nahmen die große Rathaustreppe wahr, den Busbahnhof und den Taxistand gegenüber. Wir waren angekommen.

Schon nach kurzer Zeit hatten wir beide das gute Gefühl, dass alles gut gehen würde. Es durfte nur keiner krank werden, wir waren ja noch allein, ohne Mitarbeiter.

Wir gewöhnten uns an alles, an das Lokal Treppchen, das keinen guten Ruf in Frechen hatte, an den Kohlenstaub, der alles beschmutzte, für uns war alles halb so schlimm.

Es hat uns nie leidgetan, 1963 diesen wichtigen und mutigen Schritt unternommen zu haben. Frechen ist unser Zuhause geworden, und wir möchten auch nie mehr irgendwo anders leben.

Das damalige Schlagwort "Auf nach Frechen" ist uns immer noch geläufig.

Bäckergeselle: Vorgestern und gestern

Das Jahr 1946 war eine ungünstige Zeit für diesen Beruf. Aber wenigstens hatten wir zu Hause genug Brot zu essen.

Im ersten Lehrjahr war zunächst meine Hauptbeschäftigung, die Brotteige mit der Hand aus der großen Teigmaschine raus zu nehmen und auf den Backtisch abzulegen. Es gab zu dieser Zeit nur Roggenmehl. Deshalb wurde bei uns auch nur eine Sorte Brot gebacken, nämlich das sogenannte Kommissbrot.

Die einzelnen Laibe wurden dann dicht aneinander in den heißen Backofen geschoben, so dass sie immer als viereckiges Brot zum Vorschein kamen. Meine Aufgabe war dann später, die heißen Brote mit Wasser zu bestreichen. Waren dann zwölf fertige Dreipfundbrote auf dem Brotbrett, musste ich sie auf ein Regal hochstemmen. Mein Onkel Robert war Schneidermeister, und wenn dieser für mich einen neuen Anzug ausmaß, meinte er immer, ich wäre an der linken Seite kleiner, als an der rechten. Das kam daher, weil ich mich immer links mit den zwölf Broten so hochrecken musste.

Ich musste damals noch sehr klein und erbärmlich ausgesehen haben, denn meine Chefin brachte mir jeden Morgen ein Liter Milch in die Backstube. Sie sorgte auch dafür, dass der Meister darauf achtete, dass ich die Milch im Laufe des Tages trank.

So gegen acht Uhr kam dann auch der Seniorchef in die Backstube. Er formte die Brote, welche ich schon vorgewirkt hatte. Wir verstanden uns gut und im Laufe der Zeit waren wir ein gut funktionierendes Team. Während dieser Zeit hat er mir viel aus seiner Jugendzeit als Bäckergeselle erzählt. Für mich waren das immer spannende Stunden.

Es war Ende des 19. Jahrhunderts und die große Zeit der Zünfte. Ein Handwerksgeselle war nur dann ein guter Fachmann, wenn er einige Jahre als Wandergeselle auf Achse gewesen war. Auch mein Seniorchef war zwei Jahre auf der Walz gewesen. In dieser Zeit ist er von Betzdorf an der Sieg bis nach Hamburg getippelt. „Ein fremder Bäcker bittet um Arbeit", war das geflügelte Wort, welches er noch immer auf der Zunge hatte.

Die Zunftregeln besagten, dass der wandernde Bäckergeselle in jeder Bäckerei für einige Zeit beschäftigt werden sollte oder aber Brot und Gebäck für unterwegs kostenlos zur Verfügung gestellt werden musste. Er erzählte mir dann weiter, dass er sich damals mit einem Metzgergesellen verbündet hatte und dieser immer Fleischwaren im Bündel hatte.

In Hamburg angekommen war alles anders, als er sich diese große Stadt vorgestellt hatte. Nicht nur die Häuser waren höher, die Backstube größer, die Teige seien umfangreicher, schwerer und fester gewesen. Es gab noch keine Teigmaschinen und die Brotteige mussten alle mit der Hand geknetet werden. Sehr oft seien die Teige mit sauberen Füßen gemischt und bearbeitet worden. Zu diesem Zweck sei auch immer eine Stange zum Festhalten der Arme in entsprechender Höhe angebracht worden.

Es war eine harte und schweißtreibende Arbeit, sagte er mir. Aber die jungen Bäcker dort waren sehr stolz auf ihren Beruf, und sie hatten immer einen Spruch auf Lager, der hieß „Bäckerknaben, edle Knaben, Fürsten und Könige müssen sich dran laben, was sie sich von den Händen schaben". Aber es gab auch Spaß und Freude in Hamburg. Die Zünfte hatten für die meisten Berufe spezielle Tanzveranstaltungen organisiert. Außer dem immer gut besuchten Bäckerball, gab es auch Metzger-, Zimmermann-und Schneiderbälle und viele ähnliche spezielle Handwerker Veranstaltungen.

Darüber hinaus erzählte er mir noch eine andere wichtige Begebenheit. Die Bäcker wollten endlich die 84 Stunden Woche durchsetzen und viele hatten deshalb für einen Tag die Arbeit niedergelegt. Es hat auch etwas genutzt, sagte er mir, denn die 84 Stunden Woche ist danach in Hamburg Wirklichkeit geworden. „Für wie lange, weiß ich allerdings auch nicht."

Bei mir in Betzdorf ging auch schon das erste Lehrjahr zu Ende. Es kam die Zeit, wo nur noch Maismehl zu haben war. Für uns in der Backstube waren die Maismehlteige sehr schwierig zu bearbeiten. Dieser Teig war ohne jegliche Bindung. Für mich war das so, als wäre das kein Mehl, sondern feiner Sand. Aber kurz nach einiger Zeit gab es dann auch wieder Roggen- und Weizenmehl. Nun wurden in Betzdorf auch Weißbrot und Brötchen gebacken. Trotzdem wurde ich aber ab mittags immer noch im Bau eingesetzt. Das Geschäftshaus in der Wilhelmstraße war total ausgebombt. Es standen nur noch die Außenmauern, deshalb war die Backstube zunächst auch der Verkaufsraum.

Bei mir endete nach drei Jahren die Lehrzeit. Im praktischen Teil der Gesellenprüfung musste ich unter Anderem selbstständig siebzig Schnittbrötchen backen, natürlich in einem fremden Backofen und unter Aufsicht eines Prüfungsmeisters.

Mit Ach und Krach habe ich ein „gut" rausgeholt, womit ich auch zufrieden war. Anschließend war ich noch zwei Jahre als Geselle im selben Betrieb tätig. Meine weiteren Gesellenjahre habe ich allerdings nicht auf Schusters Rappen auf mich genommen, stattdessen habe ich noch eine zweijährige Konditorlehre angehängt.

Neue Freunde

Industrie-, Wald-, Garnison- und Kongressstadt, so stand es auf den Ansichtskarten der Stadt Iserlohn.

Für mich mit neunzehn Jahren war es die weite Welt. Aus einer ländlichen Gegend im Westerwald kommend, stand ich auf dem Bahnsteig in der fremden Stadt und atmete erst einmal tief durch.

Man schrieb das Jahr 1952 und es war ein Schnitt in meinem noch jungen Leben. Auszubrechen aus dem behüteten Dasein eines kleinen Westerwalddorfes hatten mich Mut und große Überwindung gekostet. Das Herz schlug mir bis zum Hals und Heimweh hatte ich schon jetzt. Deprimiert schlich ich mich mit meinem Koffer durch das stille und schmuddelige Bahnhofsgebäude. Die Straßen waren auch nicht so schön und sauber, wie ich es mir vorgestellt hatte, ein Gefühl von Einsamkeit überfiel mich. Bedrückt, fast niedergeschlagen klingelte ich an der Haustüre des neuen Arbeitgebers, welcher ein entfernter Verwandter und gleichzeitig auch der neue Lehrmeister war. Konditor wollte ich in dieser turbulenten Nachkriegszeit noch lernen, nachdem ich es schon vor einiger Zeit zum Bäckergesellen gebracht hatte.

Der etwas mürrische aber freundliche neue Lehrmeister öffnete. Er begrüßte mich unkompliziert, so, als gehörte ich schon jahrelang zur Familie.

„Lass den Koffer hier im Flur stehen", brummelte er „und komm mit mir ins Café, dann kann ich dir sofort den einen oder anderen Freund des Hauses vorstellen."

Da saßen sie an einem großen, runden Tisch: Helmut mit den vorstehenden weißen Zähnen, Friedel mit den großen Händen, Walter mit dem Glatzkopf, der dürre Konditorgeselle Harry und der etwas kränklich aussehende Günter. Später kam auch noch Maria, die schwarzhaarige, etwas stille Haushaltshilfe dazu. Dann war da noch Erna, die Schwester von Günter, und nach Feierabend auch Helga und Bärbel, die Angestellten aus dem Café. Die ganze Clique war in meinem Alter.

Schwupp die wupp und schon war ich in einem Freundeskreis, welcher mich ein Leben lang nicht mehr loslassen sollte. Von Anfang an fühlte ich mich wohl bei diesen gleichaltrigen Leuten in dieser fremden Stadt.

Montags war das Geschäft geschlossen und alle richteten es so ein, dass auch für sie der Montag der freie Tag war. Für mich begann eine herrliche Zeit. Direkt wurde ich akzeptiert, als gehörte ich dieser Runde schon zehn Jahre lang an. Von Heimweh keine Spur mehr.

Das Wandern montags durch Wald und Flur, machte allen viel Spaß. Meistens gab die hübsche und selbstbewusste Helga dabei den Ton an. Unterwegs, als die Gruppe sich in Zweiergespräche vertieft hatte, ertönte plötzlich und für alle unerwartet ein schriller, kräftiger Pfiff.

Helga hob ihren schmuckbehangenen Arm und rief laut und energisch: „Hallo Leute, alle mal herhören". Sie warf ihr blondes Haar in den Nacken und zeigte ihre makellosen, weißen Zähne. „Musst du immer das Kommando haben?" nörgelte Friedel, welcher nur die leisen Töne kannte. „Quatsch, ich mache nur einen Vorschlag."

Es war die Straße mit der Bürgersteigkante, die ihr die Idee gab.
Alle marschierten im Gänsemarsch, mit frohen Liedern, aber im
mer rauf und runter, weil der rechte Fuß auf die Oberkante des
Bürgersteigs gesetzt wurde und der linke unten auf die Fahrbahn.
Kurze Zeit später erspähte Helga am Waldrand eine sonnige
Wiese.

Dort wurde eine Decke ausgebreitet und die Mädchen öffneten
ihre Rucksäcke und zauberten in kurzer Zeit eine phantasievolle
Kaffeetafel und luden zum Picknick ein. Nur Helga moserte etwas

rum, weil die ausgebreitete Stoffunterlage angeblich zu klein war. Und auf einmal war auch Helmut derselben Meinung. Ehe die schwatzende Gruppe sich auf eine Lösung geeinigt hatte, sahen sie schon, wie Helga eine zweite Picknickstation installierte. Wegen der topographischen Lage musste diese aber ca. zehn Meter entfernt eingerichtet werden.

Walter hatte schon immer ein Auge auf Helga geworfen. Friedel meinte sogar, dass dieser nur wegen Helga montags immer dabei war. Helmut, der Zweimeter-Mann, stapfte als erster rüber zu Picknickstelle zwei, wo Helga noch auspackte. Walter stand als nächster auf. Plötzlich zischte Bärbel ihm etwas zu, was nicht von allen direkt verstanden wurde.

Bärbel, das große, hellblonde Lehrmädchen mit den roten, pausbäckigen Wangen, auch manchmal Rotkäppchen genannt, wusste wieder mehr als alle anderen. „Bleib hier", flüsterte sie, „da bahnt sich was an." Und richtig, beim näheren Hinsehen stellten alle fest, dort drüben wird heftig geflirtet.

Walter setzte sich auch wieder, nahm die Situation gelassen hin und war nach wie vor ein guter, humorvoller, aber auch rücksichtsvoller Unterhalter.

Helga und Helmut haben zwei Jahre später geheiratet.

Berufs- und Jugendjahr

Es roch nach Großstadt. Als ich den Bahnhofsvorplatz betrat, war ich überwältigt. Der quirlige, lärmende Verkehr, die vielen Menschen, die großflächige Kinoreklame, das neue Hochhaus auf der gegenüberliegenden Seite, all das Neue betrachtete ich als ein weiteres Stück Freiheit in meinem noch jungen Leben.

Fernab von dem kleinen Dorf im Siegerland, behagte mir, dem 24jährigen Konditorgesellen, die Umgebung mit dieser Atmosphäre vom ersten Augenblick an. Auch der erste größere Handwerksbetrieb mit drei Meistern, zwölf Gesellen und sechs Lehrlingen (heute würde man Auszubildende sagen) in der Backstube war genau die richtige berufliche Herausforderung, die ich suchte. Es wurden mir schon nach einer kurzen Einarbeitung verantwortungsvolle Aufgaben übertragen. Mein Ansehen im Betrieb stieg Stufe um Stufe.

Mit der Zeit trug ich auch den Kopf etwas höher. Ich lief Gefahr, mich zu einem übertrieben selbstbewussten Menschen mit einem Mangel an Bescheidenheit zu entwickeln. Mit dieser Einstellung begegnete ich auch den vielen netten weiblichen Angestellten von Café und Laden.

Besonders die acht Jahre jüngere Verkäuferin Henny war meine Favoritin. Sie war fachlich versiert, sah gut aus und war immer 100%ig bei der Sache. Ob sie für größere Festlichkeiten Kunden beriet, oder am Sonntag die Kuchenpakete einpackte, es war ein Genuss, ihr zuzusehen. Ihr stets gepflegtes Äußere, ob dienstlich oder privat, war immer tipptopp. Henny hatte viele Verehrer, aber sie benahm sich sehr reserviert bis abweisend. Die Kollegen nannten sie auch „Kräutchen rühr mich nicht an." Aber siehe da, als ich sie nach einiger Zeit zu einem gemeinsamen Kinobesuch einlud, kam tatsächlich und unerwartet ein zaghaftes „Ja" aus ihrem Mund.

In der Folge zog ich alle Register, damit aus dem gemeinsamen Kinobesuch „mehr" wurde. Es entstand eine lockere Freundschaft und ich setzte alles dran, meinem inneren Gernegroß die Zügel anzulegen.

Nun war es in den 50er Jahren schwierig, in mittelständigen Handwerksbetrieben unter einem gemeinsamen Chef Freundschaften zu pflegen. Jedenfalls wurde die Vertrautheit zwischen Mann und Frau nicht gerne gesehen. Es spielten aber auch noch religiöse Gründe eine Rolle. Jedenfalls war ein gemeinsamer Urlaub nicht drin.

Ich fuhr als erster in Ferien. „Rufst du auch mal an?" fragte Henny.

„Ich möchte wissen, wo du hin fährst". Ein festes Ziel stand nämlich noch nicht fest.

An einem regnerischen Tag in der ersten Urlaubswoche erreichte Henny der ersehnte Telefonanruf aus einer Telefonzelle im Siegerland: „Hallo, wo bist du", war die erste Frage, die ich nun beantworten sollte. Schon bekam das Imponiergehabe bei mir wieder die Oberhand. „Ich habe dir schon eine Ansichtskarte geschrieben", log ich. „Hier ist strahlend blauer Himmel und die Palmen stehen hier bis vor die Telefonzelle. Gestern habe ich eine traumhafte Bootsfahrt bei Vollmond gemacht."

„Das hört sich aber für mich nicht gut an, wieviel Mädchen waren denn dabei?" fragte Henny. Ihre Stimme war plötzlich sehr förmlich und kurz angebunden. „Ach, nicht so, wie du denkst. Ich bin mit vier Freunden hier. Wir faulenzen und besichtigen Sehenswürdigkeiten."

„Kannst du dir denn das alles leisten?" war die nächste Frage von meiner Freundin. „Einmal im Jahr muss ich einfach für 14 Tage so richtig in die Sonne und meine Eltern unterstützen mich Gott sei Dank noch", flunkerte ich.

„Wirst du jetzt auch schön braun?", fragte Henny, „du hast doch so eine helle Haut."

„Ach, wer will denn heute noch braun werden", behauptete ich ohne zu überlegen, dass in der Nachkriegszeit ein brauner Körper bei fast allen Menschen am meisten Bewunderung auslöste.

Die kluge Henny muss mein Aufschneiden bemerkt haben, denn dieses Detail des Telefongespräches wurde nie mehr erwähnt.

„Ich muss jetzt Schluss machen, es steht schon jemand vor der Zelle", sagte ich nun kurz und bündig. „Komm heil wieder hier nach Mönchengladbach" und „ich liebe dich", flötete sie noch in die Sprechmuschel.

Noch in der Zelle bekam ich einen roten Kopf und ich ärgerte mich wegen der Unklugheit und dem Märchen, das ich aufgetischt hatte, und das mir das alles so rausgeflutsch war. Verdammt, das war ja nun doch etwas happig, ging es mir durch den Kopf, als ich den Hörer auflegte.

Auf einmal hatte ich auch keine Lust mehr auf Ferien. Es zog mich wieder in die große Stadt am Niederrhein. Dort angekommen spürte ich, dass nun die Wahrheit auf den Tisch musste. Die nächste Verabredung nach diesem Gespräch war für Sonntag 17^{00} Uhr am Krickenbecker See vorgesehen.

Ich war schon zehn Minuten eher am Treffpunkt „Große Eiche" eingetroffen und wartete und wartete und wartete. Viele Spaziergänger kamen vorbei, aber keine Henny in Sicht.

Zwölf Schritte nach rechts, zwölf Schritte nach links, nichts geschah. Das gibt es nicht. Henny hält immer Wort, das hatte sie immer getan. Oder diesmal absichtlich nicht? Diese und ähnliche Gedanken wirbelten mir durch den Kopf.

Dann endlich, mit zehn Minuten Verspätung erschien Henny frisch und fröhlich und so schön wie nie im äußerst attraktiven Sonntagsstaat.

Nach dem Begrüßungskuss entschuldigte sich Henny für das Zuspätkommen. Den Grund nahm ich nicht mehr wahr, so freute ich mich darüber, dass sie endlich da war.

Auf der folgenden einstündigen Bootsfahrt rückte ich dann schweren Herzens mit der Wahrheit heraus und berichtete, dass ich nur in meiner Heimat die freien Tage verbracht hatte.

Zwei Jahre später wurde geheiratet.

Die Ehe hält auch heute noch nach über fünfzig Jahren.

Meine erste, aber letzte Ballonfahrt

Wir kamen 1964 nach Frechen. Es war alles Neuland für uns, speziell die Nähe zur Großstadt Köln und dessen Umwelt. Im Spätsommer rief mich meine Frau ans Fenster und wir sahen einen großen Fesselballon in großer Höhe ganz still vor sich hin schwebend. Wir hatten zwar schon mal so ein Wunderfahrzeug gesehen, aber eben nur auf Bildern.

Für uns war das sehr faszinierend und wunderbar. Mit dem Fernrohr konnte ich erkennen, dass in dem darunter hängenden Korb zwölf erwachsene Menschen waren. Anscheinend staunten diese ununterbrochen, denn ich sah, wie sie mit den Armen hier- und dorthin zeigten, wenn unter ihnen bekannte Häuser auftauchten oder Spaziergänger durch die Wiesen und Felder gingen. Vielleicht sahen sie auch Leute in den Fenstern und hofften, dass diese ihre Jubelschreie dort unten noch hören konnten.

Für mich war das alles so packend und interessant, dass ich an schönen Tagen zum Decksteiner Weiher fuhr, weil meistens dort auf einer Wiese die Ballonfahrten ihren Anfang nahmen, und ich konnte das alles in Ruhe studieren:

Stunden vorher hatten sich schon viele Interessierte versammelt. Meistens waren das Freunde und Verwandte der Ballonfahrer. Sie konnten es anscheinend alle nicht aushalten und warteten, bis es endlich losging. Nun kam auch das Fahrzeug mit Hänger, welches den Korb und den noch platten Ballon geladen hatte.

Als erstes wurden die Gerätschaften sorgfältig auf der großen Wiese ausgelegt. Jetzt wurde mit einem großen Ventilator noch kalte Luft in den Ballon ein gepustet. Als dieser sich nach einiger Zeit ein wenig von der Wiese erhoben hatte, wurde nur noch heiße Luft eingeblasen, zu diesem Zweck wurde die einströmende Luft durch eine große Stichflamme erhitzt. Nach zwanzig Minuten stand der Ballon senkrecht auf der Wiese.

Jetzt sah er sehr groß aus. Er zitterte und bebte, als wolle er unbedingt sofort losfliegen. Es fehlte aber immer noch heiße Luft, und die Hilfskräfte brauchten viel Kraft, das Gerät mit drei großen Seilen in der Balance zu halten.

Ich hatte mir öfter den Start angeguckt, aber nun war es so weit. Ich musste unbedingt einmal selber mit in die Luft gehen, koste es was es wolle.

Meine Enkelkinder mit ihren Eltern standen irgendwo in der Nähe und wollten den Start miterleben. Der dreijährige Tobi langweilte sich schon, denn die Vorbereitungen dauerten ihm zu lange.

Endlich konnten wir in den Korb einsteigen, aber es dauerte immer noch eine Weile, bis der Ballon sich etwas bewegte. Ich merkte, dass der schweizerische Ballonführer nervös war, denn wir hatten etwas zu viel Wind und er musste aufpassen, dass wir nicht die nahestehenden großen Bäume streiften. Vor Angst zitterte ich schon am ganzen Körper und wäre am liebsten wieder ausgestiegen. Jedenfalls wurde der Ballon immer noch von den Männern gehalten, doch dann auf einmal merkte ich, dass der Korb nicht mehr die Erde berührte.

Ganz vorsichtig, still und leise schwebten wir hoch, ich sah unsere Enkel kräftig winken.

Plötzlich drehte der Ballonführer mit voller Pulle die Gasflasche auf und eine Flamme schoss in den Ballon hinein. Anscheinend mussten wir schnell Höhe gewinnen, denn die Gipfel der nahestehenden Bäume kamen immer näher. Dann rief er uns zu, „bitte tief bücken". Tatsächlich streiften wir noch einige Äste des in der Nähe stehenden Kastanienbaumes. Aber es war nichts passiert, und eine himmlische Stille empfing uns. Alle konnten nur noch sehen und staunen.

Als ich unten unsere Enkelkinder zwischen den vielen Zuschauern sah, packte mich plötzlich ein Schwindel, so dass ich fast in Panik geriet. Der Ballonführer, der uns alle im Blick hatte, rief mir zu, „immer geradeaus gucken". Aber das nutzte nichts, es blieb mir nur noch, immer auf den Boden zu schauen und die Schuhspitzen in Augenschein zu nehmen. Meine Frau rief mir zu, „da ist Brühl, ich sehe die Kirche, ich sehe ein kleines Wäldchen, nun sieh doch, du verpasst vieles". Es war nichts zu machen, ich konnte nur nach unten auf den Korbboden sehen, und manchmal gar nichts, weil ich sogar oft noch die Augen schließen musste.

Anscheinend spürte der Ballonführer wieder meine Platzangst und ließ den Ballon ganz tief nach unten gleiten. Jetzt bewegten wir uns fast fünf Minuten ganz langsam über ein großes Kornfeld in etwa ein Meter Höhe. Nun hatte ich keine Angst mehr und wäre am liebsten ausgestiegen.

Dann aber schlug die Gasflamme wieder zu, und es ging erneut nach oben. Meine Angst, meine Lähmung und Verzweiflung nahmen wieder überhand. Viel gesehen habe ich nicht mehr. In der Nähe von Brühl kamen wir wieder schön sachte nach unten und die Erde hatte uns wieder. Für meine Frau war die Fahrt wunderbar, aber ich weiß ganz genau, mit so einem Apparat werde ich nie mehr in die Luft gehen.

Das kleine Haus in der Steinstraße

Es war ein eineinhalbgeschossiges älteres Backsteinhaus in Lobberich mit fünf kleinen Zimmern, zwei im Erdgeschoss und drei oben mit Dachschräge, es gab noch die Küche und eine einfache Nasszelle mit Toilette.

Sechs Töchter hat Oma dort großgezogen. Die jüngste wurde meine Frau. Alle anderen waren schon außer Haus und hatten teilweise schon Nachwuchs. Sie war schon vielfache Großmutter, auch deshalb nannten sie alle Oma: ich auch

Der Schwiegervater war Webmeister und hieß Heinrich. Opa Heinrich ist zwölf Jahre vor seiner Frau gestorben, danach lebte Oma ganz allein in dem kleinen Haus. Er war der einzige Mann im Haus, und er wurde sehr hofiert. Aber wie die neun Personen, (Uroma lebte auch noch viele Jahre mit in dem Haus) in den kleinen Räumen ihre Tage verlebten, kann ich mir immer noch nicht so richtig vorstellen. Allerdings sagte mir meine Frau, das sei zu ihrer Zeit gar kein Problem, hier und da mit etwas Zankerei, aber das wäre immer wieder schnell vergessen gewesen. Weil wir Frechener sie oft besuchten, kannte ich bald das Haus von innen und von außen. Der Kellerboden bestand nur aus festgestampftem Lehm. Mir fiel auf, dass an einer Wand ein 1,20m großes Loch war, eine

Öffnung zum Nachbarhaus. Man sagte mir, dass während der Kriegsjahre dort ein Notausstieg gewesen war, was auch alle Häuser in der Reihe hatten. Im Keller gab es viele Holzregale, voll mit Einmachgläsern, die gefüllt waren mit Kirschen, Äpfel, Pflaumen, Stachelbeeren, Johannisbeeren, Brombeeren und vielen Gemüsesorten, alles was im großen Garten gezüchtet wurde.

Darüber hinaus lebten auch noch einige Hühner, eine Gans namens Jonda und Kaninchen auf dem Grundstück. Manchmal glaubte ich, die ganze große Familie sei ein Selbstversorgungsbetrieb gewesen.

Nun aber hatte ich ihre letzte Tochter weggeholt, und jetzt lebte und werkelte Oma allein in dem kleinen Haus, welches dann doch für sie jetzt zu groß war.

Nach einigen Jahren hatten wir das Gefühl, dass sie sich doch nicht mehr so wohl fühlte, aber sie wollte zu keinem ihrer Kinder ziehen und schon gar nicht in ein Seniorenheim.

Wenn wir sie besuchten, staunten wir immer wieder, wie sauber und ordentlich ihr Haus und der Garten waren. Bis in die letzte Ecke wurde in den Zimmern gewischt, gebohnert und manchmal hatte ich den Eindruck, es wurde auch noch lackiert. Sie war stolz auf ihr Reich, wo sie fünfundsiebzig Jahre geschaltet, verwaltet, gekocht, gewaschen und Schularbeiten kontrolliert und viel gebetet hatte. Sie war immer fröhlich, und ich habe nie ein Schimpfwort von ihr gehört.

Nach Jahren des Alleinseins merkten wir aber doch, dass das Leben für sie schwieriger wurde, immerhin war sie schon 89 Jahre. Wir versuchten immer wieder sie zu überreden in ein schönes Seniorenheim zu gehen, aber das Überreden war gar nicht so einfach.

Eines Tages hatte sie dann doch tatsächlich zwei Koffer gepackt und war bereit in einem Senioren-Heim ihre Tage zu verbringen. Sie ging natürlich davon aus, dass sie an schönen Tagen wieder nach Hause fahren konnte. Als ich ins Haus ging um die zwei Koffer zu holen, kamen auch mir die Tränen. Ich ging nochmal mit ihr gemeinsam durch alle Zimmer und sah nochmal wie alles glänzte. Sogar die Betten hatte sie so hergerichtet, als wenn diese abends wieder belegt würden. Ich sah im Geiste, wie sie mit ihren Handflächen die letzten Streicheleinheiten über die weißen Bettdecken fuhr. Auch die Schränke und sogar der Fernseher, alles stand am gewohnten Platz, man konnte alles wieder sofort benutzen.

Eines Tages überraschte sie mich mit der Bitte: „Verkaufe das schöne Haus, ich komme doch nicht mehr dahin zurück, ich fühle mich hier wohl und bin hier auch gut aufgehoben."

Der Makler, der von mir beauftragt wurde, das kleine Haus mit dem großen Grundstück zum Kauf anzubieten, war schnell gefunden. Vier Bewerber kamen auf uns zu und wollten wissen, welche weiteren Baumöglichkeiten auf dem großen Grundstück zulässig seien. Ich verwies sie an das städtische Bau- und Planungsamt. Der schöne, große Garten musste natürlich mit bezahlt werden, aber den wollte kein Mensch. Im Gegenteil, das war eher ein Hindernis. Auf einmal ging es Oma alles zu langsam. „Vermach es doch der Kirche", sagte sie einmal zu mir, „das ist doch am einfachsten." Das war aber nicht so, denn der Heimplatz musste ja weiterhin davon bezahlt werden.

Nach einiger Zeit murrten schon die Nachbarn, weil das Unkraut auf dem Grundstück, nicht nur in die Höhe, sondern auch in die Breite wuchs.

Aber siehe da, nach zwei Monaten kam der Makler, und verkündigte mir, „ich kaufe das Grundstück selber zum vereinbarten Preis".

Dann wurde es noch einmal schwierig. Der Notar sagte mir: „ihre Schwiegermutter ist schon alt, ich muss mich vergewissern, ob die alte Dame noch geschäftsfähig ist." Damit hatten wir alle nicht gerechnet. Nach einigen Tagen erschien er zum festgesetzten Termin im Senioren Heim. Er begrüßte uns und sagte, wir sollten alle rausgehen. Auch da hatte ich nicht mitgerechnet, aber nach 20 Minuten rief er uns wieder rein und sagte, es sei alles in Ordnung, ich könne das Haus mit Grundstück veräußern. Alles Weitere ging dann ganz problemlos.

Dann kam schon ganz schnell der Bagger und fuhr einfach in die Seite des schönen kleinen Ziegelsteinhauses hinein. Der neue Besitzer brauchte dazu noch nicht mal einen Haustürschlüssel. Es tat doch weh. Nach einem Tag war das für uns historische kleine Haus nur noch ein Trümmerhaufen. Nur die Reste der weißen Bettdecken kamen noch zum Vorschein. Meine Frau und ich sagten es gleichzeitig: „Ein Glück, das Oma das nicht gesehen hat." Das schöne, kleine Haus, welches so viel erlebt hatte, war nicht mehr.

Oma ist nach drei Jahren friedlich verstorben.

Der 2. Weltkrieg ging zu Ende

Es waren schon warme und sonnige Frühlingstage im März 1945. In der Ferne hörten wir schon hier und da Gewehrfeuer. Die Front des Krieges kam langsam und schleppend auf uns zu. Auch deshalb schleppend, weil die amerikanischen Soldaten die vielen bewaldeten Berge des Siegerlandes, sozusagen teilweise kriechend und etappenweise durchkämmen mussten, denn es hausten noch viele deutsche Soldaten in den Wäldern. Es gab leider immer noch wichtigtuerische deutsche Offiziere, welche an einen Sieg glaubten. Größere Detonationen waren nicht zu hören. Im Ort selbst blieb alles ruhig und friedlich. Die Mutter von meinem Freund Gottfried meinte, sie hätte Angst und könne nachts nicht mehr schlafen.

Ich war vierzehn Jahre alt und mit meinen Freunden tagtäglich unterwegs. Schule gab es schon lange nicht mehr. Zucht und Ordnung auch nicht, aber Angst hatten wir Halbstarken überhaupt nicht. Einige deutsche Soldaten lagen ruhig und besonnen in den Wäldern und bewachten zwei kleine Kanonen.

Vor einigen Wochen kam der Schellemann, das war der örtliche, offizielle Nachrichtenausrufer, also der wichtigste Mann des Bürgermeisters Schmidt. Nun verlas er den Befehl, den Ort sofort zu räumen, fügte aber in echtem Niederfischbacher platt hinzu: „Meer blewwe all hee!" (Wir bleiben alle hier!). Alle Bürger ignorierten dann auch den offiziellen Befehl und blieben zu Hause.

Unser Bürgermeister war oft mit Braunhemd und Hakenkreuz am Ärmel unterwegs. Er war aber auch ein Niederfischbacher Eigengewächs. Er war tolerant, großzügig und ließ schon mal eine fünf gerade sein. In unserer Ortschaft hatten die Nationalsozialisten nur wenig Anhänger. Als einziger Distrikt dieser Größenordnung gab es keinen Ortsgruppenleiter.

Wir hatten immer noch eine gut funktionierte Blechwarenfabrik, hier arbeiteten auch viele französische Kriegsgefangene. Diese waren bei uns im Dorf freie Leute ohne jegliche Bewachung. Einer hat sogar ein einheimisches Mädchen später geheiratet.

Als die amerikanischen Truppen das Siegtal besetzten, hielten es die Franzosen jedoch nicht mehr im Dorf aus. Sie schlugen sich nach Betzdorf durch, etwa zwölf Kilometer,) wo die amerikanischen Truppen schon einmarschiert waren. Dort berichteten sie den Amerikanern von Niederfischbach und deren Bewohnern, die sie gut behandelt hatten. Sie baten unsere Ortschaft nach Möglichkeit zu schonen.

Nicht desto weniger, die Schießerei in den Wäldern kam immer näher. Wir Jugendliche hatten uns mittlerweile mit einigen deutschen Soldaten angefreundet, besonders mit dem neunzehnjährigen Leutnant Klaus Morre, der bei uns im Ort einquartiert war. Wir hatten immer viel Gesprächsstoff. Leider haben wir ihn dann nicht mehr gesehen. Sein Vorgesetzter hatte ihm den Befehl erteilt, abends auf den nahen Berg Finsterbach zu steigen um die Stellungen der Amerikaner auszukundschaften. Er fiel unterhalb des Gipfels. Ein Gedenkkreuz wurde dort errichtet, es wird immer noch mit Blumen geschmückt und erinnert an den sinnlosen Tod des jungen Soldaten.

Ein Anderer entging nur mit knapper Not diesem Schicksal, dieser sollte in einer späteren Nacht auf den Giebelwaldberg auf Spähtrupp gehen, er ging jedoch völlig übermüdet in ein Wohnhaus und legte sich schlafen.

Sein Vorgesetzter entdeckte ihn am Morgen und schickte ihn erneut Richtung Giebelwald, wo er dort den Amerikanern in die Hände fiel. Als die Frontsoldaten der Amerikaner am 5. Mai in unser Dorf einmarschierten, war der Kriegsgefangene in deren Mitte. Dort wurde er noch nach deutschen Stellungen ausgefragt. Schon am Abend war unser Dorf in amerikanischer Hand.

Drei Wochen später wurde Niederfischbach französische Besatzungszone.

Nun kam wieder einigermaßen Normalität in unser 3000 Seelen-Dorf. Wir mussten jetzt auch wieder in den Schulunterricht. Zu allem Überfluss sollten wir auch noch französisch pauken.

Das plötzliche Stillsitzen war für uns Jungs eine schwierige Zeit, den Mädchen machte das nicht so viel aus. Schon im nächsten Jahr wurde unsere Klasse mit dem Abschlusszeugnis entlassen. Die Mädchen hatten einigermaßen gute Zeugnisse, aber die Jungs nur schlechte. Bestanden hatten wir alle, aber der Vater meines Freundes Günter sagte zu einem Lehrer, wir hätten höchstens das Wissen eines Viertklässlers erreicht. Jahre später konnte ich dieser Meinung nur zustimmen.

Anschließend kam ich in die Bäckerlehre mit einem Zwölf-Stundentag. Im ersten Lehrjahr wurde nur Kommissbrot gebacken, also nur dunkles Brot. Später kam noch Maisbrot dazu. Es war für meine 1,50 cm Größe eine harte Zeit. Ich musste auch oft im Wald arbeiten, denn der Backofen wurde nur mit Holz beheizt. In dieser ersten Lehrstelle habe ich es nur einige Wochen ausgehalten.

Mein Vater sagte mir dann: „Wenn du die nächste Lehrstelle nicht durchhältst, kommst du in die Blechwarenfabrik als Hilfsarbeiter".

Für mich fing der Ernst des Lebens an. Ich habe nach der 3jährigen Lehrzeit die Gesellen- Prüfung bestanden und im selben Betrieb noch zwei Gesellenjahre für zwanzig D-Mark Wochenlohn drangehangen. Nach heutigem Ermessen viel zu lange.

Das Schwimmbad mit dem Zehn-Meter-Turm

Schwimmen konnte ich schon sehr früh, auch ohne Schwimmlehrer. Schon als Schuljunge war ich gerne im Wasser. Die Asdorf, ein Nebenfluss der Sieg, strömte noch mit verhältnismäßig viel Wasser durch unser 3000-Seelen-Dorf. Auch im Sommer gab es dort immer noch tiefere Wasserstellen, wo wir schwimmen konnten und auch schon mal einen Kopfsprung vom Ufer aus wagten. Nur der Nebenerwerbsbauer jagte uns schon mal weg, weil wir seine Wiese zertrampelten. Beim Kopfsprung war ich meistens der Mutigste. Manchmal musste ich diese Kühnheit mit einer blutigen Kopfverletzung bezahlen, weil ich zu steil eingetaucht war und dann den Kopf mit dem steinigen Boden berührte. Manchmal lagen dort Fahrradteile und einmal sogar ein deutscher Wehrmachtsrevolver.

Nach einiger Zeit hörten wir, dass in unserm Nachbarort Wehbach ein richtiges Schwimmbad entstehen sollte. Und dort sollte sogar, außer einem Ein-Meter-Drei-Meter-Fünf-Meter- auch ein Zehn-Meter Turm gebaut werden. Zu dieser Zeit hatte ich in Betzdorf schon die Bäckerlehre angetreten. Als Heimschläfer fuhr ich dann täglich mit dem Bummelzug morgens um 5^{15} Uhr nach Betzdorf und nachmittags gegen 17^{00} Uhr wieder zurück nach Niederfischbach. Da die Bahnstrecke ganz in der Nähe vorbeiführte, hatte ich die Möglichkeit, den Baufortschritt genau zu verfolgen. Meine Spannung stieg, und der Zehn-Meter-Turm hatte meine ganz spezielle Aufmerksamkeit. Dort wollte ich rauf - und natürlich auch wieder runter, ohne Stufen. Im Vorbeifahren sah der Turm stolz und mächtig aus. Ich freute mich auf meinen ersten Sprung von ganz oben.

Endlich war es so weit.

Am Sonntag war Eröffnungstag, ein heißer Sonnentag. Viele Besucher kamen aus allen Orten der Umgebung, die meisten aber aus Wehbach, Niederfischbach und Betzdorf. Sogar der Vater meines Lehrmeisters, der 72-jährige Bäckermeister war vertreten. Ich war mir sicher, dass er nicht schwimmen konnte, aber ich musste feststellen, er konnte es.

Sechs Freunde von mir waren auch mitgekommen, leider lagen sie meistens lustlos auf den Liegewiesen.

In allen Schwimmbecken ging es drunter und drüber, auch im Sprungbecken. Es waren einfach zu viele Leute auf dem Gelände und alle wollten auch noch ins Wasser. Die Sprungtürme waren natürlich alle gesperrt, denn das Springen wäre auch zu gefährlich gewesen. Es war also nichts mit einem Sprung von ganz oben, dabei hätte ich mir auch gerne mal einige Sprünge von anderen Leuten angesehen; wie bewegen sie sich, wie tauchen sie ein? Es gab noch kein Fernsehen, und so etwas hatte ich ja überhaupt noch nicht gesehen.

Nun hatte ich gehört, dass Wasser aus dieser Höhe sich nicht weich anfühlt, sondern auch gefährlich sein konnte, wenn man mit dem Bauch oder dem Rücken auf die Wasserfläche direkt aufschlug.

Nun war der Aufschub des Springens für den nächsten Samstagnachmittag geplant. Das Wetter war mittelmäßig und dementsprechend waren auch weniger Leute im Bad. Nur ein etwas älterer Mann war oben auf der Zehnmeter-Plattform. Aber sofort merkte ich, das war ein Ass, ein Künstler, von dem konnte ich nichts lernen. Er machte vorne auf der Kippe einen Handstand, drückte sich dann mit den Armen ab und sauste dann senkrecht in die Tiefe. Fast ohne Wasserspritzer tauchte er ein. Ich war wie am Boden zerstört, so etwas hatte ich noch nicht gesehen. Meine Lust und meine Laune waren am Tiefpunkt. Mein Freund Gottfried fragte mich auch noch so blöd, „kannst du das auch"?

Ganz langsam versuchte ich meine Gedanken wieder richtig in die Reihe zu kriegen. Ich fing also ganz unten mit dem Einmeterbrett an. Alles normal, nichts Besonderes. Beim Drei-Meter Brett wagte ich schon nicht mehr den Kopfsprung. Also machte ich die Bombe, das hieß, mit Anlauf und dann mit angewinkelten Knien sofort springen. Das gab schon eine ganz schöne Wasserfontäne.

Bei dem Fünf-Meter-Sprung wurde es schon etwas brenzlig, aber dann einfach Nase zuhalten und runter. Nun die zehn Meter. Ich hatte mir vorgenommen, den sogenannten einfachen Fußsprung anzuwenden. Ich ging also Tritt für Tritt langsam und sicher nach oben. Im letzten Viertel der Stufenleiter konnte ich es mir nicht verkneifen, nach unten zu schauen.

Mein Gott, ist das aber hoch, dachte ich. Übertrieben vorsichtig stieg ich weiter, aber immer die beidseitigen Geländer fest im Griff. Dann kam die zweitletzte Sprosse. Meine Augen sahen nur noch die Plattform und links und rechts die Tiefe. Ich legte meine Ellbogen auf die Platte des Zehnmeter-Turms. Angst hatte ich, und ich war nicht mehr in der Lage, mich aufzurichten. Vorsichtig kletterte ich wieder nach unten. Einige Zuschauer, die auf der Liegewiese waren, riefen ohne Unterbrechung: „Feigling, Feigling". Für heute hatte ich die Nase voll, aber aufgegeben hatte ich den Sprung noch nicht. Ich brauchte vierzehn Tage, bis ich wieder den Mut fand, es noch einmal zu versuchen.

Fünf Freunde waren mitgekommen, und diese waren fest entschlossen, mich anzufeuern. Schon beim Aufstieg klang es mir in den Ohren. "Springen, Springen". Einige Halbstarke, welche oben auf dem Turm standen, merkten, dass die Rufe nicht ihnen galten, sie machten mir sofort Platz. An ein Zurück war nicht zu denken. Ich ging geradeaus weiter. Einer sagte mir im Vorbeigehen, „nicht nach unten sehen". Ich sprang auch sofort runter, senkrecht, die Arme angewinkelt. Unverzüglich fing ich an zu brummen, wie eine dicke Fliege. Die senkrechte Lage verschob sich und automatisch ruderte ich mit den Armen. Dann klatschte ich mit ausgebreiteten Armen auf das harte Wasser. Ich hatte Glück, dass nicht noch ein Bauchklatscher zustande kam. Als ich den Kopf wieder aus dem Wasser hatte, hörte ich auch schon die Bravo-Rufe von vielen Zuschauern. Alle Schwierigkeiten waren zunächst vergessen, ich war mit mir zufrieden, außer den schmerzenden Unterarmen. Ein zweites Mal hat es aber nicht gegeben, den Stress wollte ich mir nicht nochmal antun.

Viele Jahre später war ich mit Tobias, meinem elfjährigen Enkel in Köln im Agrippabad. Als ich dort den Zehnmeter-Turm sah, kamen mir sofort Erinnerungen hoch. Ich fragte ihn: „Da oben, schaffst du das?" Ich wusste, dass er mit so einem hohen Turm noch nie in Berührung gekommen war. Er sagte auch nicht ja, oder nein. Er ging einfach los, Richtung Turm. Auch oben standen einige Jugendliche, die waren aber schon viel größer. Als der kleine Knirps nach oben kam, staunten sie und machten sofort eine Gasse frei. Tobias ging einfach los, hielt sich die Nase zu und sprang runter, einfach so und kam auch noch fast senkrecht unten an. Ich habe im Stillen den Hut vor ihm gezogen.

Die Befreiung 1945

Endlich waren sie da, die Befreier. Sie kamen vormittags bei schönem Wetter, am 4. April 1945. Ruhig, aber vorsichtig gingen die amerikanischen Soldaten mit einem Gewehr in der Hand über die Hindenburgstraße, jetzt Konrad-Adenauer-Straße.

Ich hörte sie als erster im Keller in unserer Waschküche. Wir, meine Mutter und meine drei Geschwister, wir hatten Angst. Ich war dreizehn Jahre alt und immer schon sehr neugierig und manchmal auch sehr waghalsig. Als ich dann einige Minuten später auch noch Panzergeräusche hörte, hielt mich nichts mehr in der Waschküche, denn ich wusste, sie mussten jetzt über den nahegelegenen Fluss.

Die deutschen Soldaten hatten gestern Abend noch alle zwei Brücken gesprengt. Ich ging also aus der Kellertüre und dann vorsichtig an der Mauer entlang nach oben auf die Hindenburgstraße. Dann sah ich sie, die Soldaten mit der fremden Uniform. Sie sahen mich, den noch kleinen Knirps und ich dachte: alles halb so schlimm. Aber einer machte mir ein Zeichen, dass ich sofort verschwinden soll. Also verschwand ich wieder zurück in die Waschküche. Einer kam noch hinter mir her und ging dann durchs ganze Haus.

Die drei Panzer hatten den Motor abgestellt, sie wussten wohl noch nicht, wie es jetzt weitergehen sollte. Die anderen Soldaten gingen langsam weiter, sie konnten ja nur noch über die Brückentrümmer klettern, oder unten durch das Wasser waten. Es blieb immer noch alles ruhig, jedenfalls hörte ich keine Schüsse und auch keine lauten Befehle oder Kommandos mehr.

Am nächsten Tag versuchten die drei Panzer weiter zu kommen. Sie umgingen die kaputte Brücke über den Bahnhofsvorplatz und über die große Wiese.

Ich vergesse nicht, wie die großen Kolosse über das Kopfsteinpflaster des Bahnhofs ratterten. Sie kamen an dem toten Pferd vorbei, das schon fünf Tage auf der Wiese lag. Langsam fuhren sie durch den Fluss, wo das Wasser nicht so tief war.

Der erste Panzer fuhr dann durch den schönen Garten vom Friseurmeister Müller, der kam aber sofort aus dem Haus gelaufen, stellte sich vor den nächsten Panzer und dirigierte ihn einfach wieder nach links auf die große Wiese. Ich dachte, der hat sie nicht alle. Aber tatsächlich fuhren die zwei nächsten Kolosse nicht mehr durch seinen Garten.

Das erste Ungetüm schaffte es dann irgendwie über den hohen Abhang wieder auf die geteerte Straße. Die beiden anderen blieben im Morast der feuchten Wiese stecken. Sie wurden dann mit dicken Stahlseilen wieder rausgeholt.

Nach zwei Tagen hatte sich für mich das Leben im Dorf wieder normalisiert.

Ich war wieder überall und nirgends. Auch der Bauer Müller arbeitete wieder auf seinem Hof und auf dem Feld. Heute begab er sich, versehen mit Hacke und Schaufel zu der Stelle, wo immer noch das tote Pferd lag. Ich hatte den Eindruck, dass dieses Pferd für ihn ein großer, schwerer Ackergaul gewesen war.

Er fing an ein großes Loch zu graben, damit endlich das tote Pferd wegkam. Für mich war das alles erschütternd und ich war sehr traurig.

Zwei Tage dauerte es, bis das Pferdegrab groß genug war. Für mich schien es allerdings viel zu klein zu sein, aber Bauer Wilhelm Müller hatte schon eine Idee, wo ich nicht draufgekommen wäre. Zu meinem großen Entsetzen sah ich, dass er dem Pferd mit einer großen Axt die Beine abschlug, einfach so, als wäre es ein Stück Holz. Einige Knochensplitter lagen schon in der Grube. Für mich war das so grässlich, dass ich auf der Stelle umkehrte und drei Wochen immer diese Stelle umgangen habe.

Mit meinem Freund Günter ging ich wieder wie früher durch die Wälder und Hügel der Umgebung. Dabei sahen wir, dass an vier Stellen im Wald doch noch gefallene, amerikanische Soldaten beerdigt worden waren.

Da waren also zwölf junge Soldaten, vielleicht fünf oder sechs Jahre älter als ich, über dass das Meer nach Deutschland gekommen, mit dem einzigen Ziel, uns von den Nazis zu befreien. Hier bei Niederfischbach kam dann für sie der Tod.

Ich dachte an ihre Väter und Mütter, an ihre Frauen oder Freundinnen und sicher auch an ihre Großeltern. Schon nach drei Tagen waren ihre Gräber leer. Die Leute im Dorf sagten, die Amerikaner hätten ihre toten Freunde auf geschlossenen Militärautos abtransportiert. Weiter sagten sie, diese würden nun in ihre Heimat zurückkehren und dort eine würdige Ruhestätte finden. Ich glaube, hoffe und bete, dass so eine grauenvolle Zeit nie mehr kommt.

Die Theorie machte ihm Schwierigkeiten

Sieben Gesellen waren wir in der Backstube. Alle im Alter von 19 bis 27 Jahren. Jeder kam aus einer anderen Stadt, und jeder war beruflich sehr interessiert. In diesem Betrieb konnten wir alle noch viele neue und spezielle Kenntnisse erwerben. Ein Zeugnis von dort war für spätere Bewerbungen viel Wert.

Was mir von Anfang an auffiel, war das gute Klima. Alle hatten Lust an der Arbeit, keiner motzte rum, und einer half dem andern, soweit das möglich war. Auch unsere Freizeit verlebten wir oft gemeinsam.

Das war in den 1950iger Jahren, es gab kein Fernsehen, wenig Autos, aber lange Arbeitszeiten. Im Sommer gingen wir oft ins Schwimmbad, im Winter ins Kino.

Ich kann mich noch gut erinnern als wir in der Weihnachtszeit um 22 Uhr, gleich nach Feierabend, eine Kino Spätvorstellung besuchten, wir erschienen in der Berufskleidung und setzten uns auch noch prompt in die erste Reihe. Nach einiger Zeit vermissten wir Eduard, genannt Edi, bei unseren gemeinsamen Unternehmungen.

Da wir unsere Zimmer alle nahe beieinander hatten, fragte ich ihn, warum, wieso und weshalb er mit unseren Kollegen nicht mehr bei unserer gemeinsamen Freizeit mitmachte. Es war von seinem Opa eine Erbschaft angekommen, von welcher er sich dann Knall auf Fall einen VW Käfer gekauft hatte.

Das hätte ich natürlich auch sofort so gemacht. Ein eigenes Auto zu haben, das war für uns junge Leute in dieser Zeit absolute Spitze, denn auch unsere Verkäuferinnen, Serviererinnen und Lehrmädchen rissen sich darum mit Edi in dem schönen, neuen Auto, mit offenen Verdeck, durch die Gegend gefahren zu werden. Er hatte plötzlich also jede Menge Chancen, obwohl er nicht unbedingt eine Schönheit war. Er war übergewichtig, die wenigen Haare wuchsen nur noch am Hinterkopf, und ein guter Unterhalter war er schon gar nicht. Er kam aus dem Schwabenland und hatte eine eigenartige Sprache, welche wir nicht immer verstehen konnten. Aber auf seine Heimat war er sehr stolz. Oft mussten wir uns Wörter anhören wie Äpfeli, Wegli, Zückerli, Bähnli, Küchli oder Stöckli. Im Betrieb hatte er den wichtigen, sogenannten Tortenposten. Er war dafür zuständig, dass die von uns schon vorgefertigten Torten garniert, also fertiggemacht wurden und gab ihnen sozusagen den letzten Schliff. Edi war nicht nur der von allen anerkannte Fachmann, er war auch ein Künstler, wenn er bei Hochzeits-, Form- oder Etagentorten seinen Ideen freien Lauf ließ. Manchmal bekam er sogar von uns Kollegen offenen Applaus. Natürlich legte er großen Wert darauf, dass seine Torten mit großer Sorgfalt transportiert wurden.

Sogar die tagtäglichen Anschnitt Torten mussten auf speziellen Unterlagen weitergereicht und höchstens zwei Stück von den Verkäuferinnen getragen werden. Als Charlotte eine Torte auf den Boden fallen ließ, die nicht mehr zu gebrauchen war, schimpfte er wie ein Rohrspatz, Edi war geladen. Seine Torten waren sein Heiligtum. Charlotte kam aus Norderney, sie wollte sich hier auf dem Festland noch weiterbilden. Zu Hause hatten ihre Eltern eine kleine Konditorei. Jetzt tat sie mir leid. Sie vergoss Tränen und verzog sich, ohne auch nur eine Torte mitzunehmen.

Nach einiger Zeit erklärte uns Edi, dass er die Absicht habe, die Meisterprüfung zu machen. Er war jetzt 27 Jahre alt, die Befähigung dazu hatte er auf alle Fälle, zumindest im praktischen Bereich. Wir freuten uns mit ihm, trainierten und unterstützten ihn soweit wir das konnten. Eberhard war gut in Blätterteig und Plunderteig, Hans-Josef konnte wunderbare Pralinen machen und Friedrich war ein Karamell-Spezialist. Kurt konnte gut rechnen und hatte auch noch die gesamte Fachkunde aus der Gesellenprüfung im Kopf. Der praktische Teil des Examens beträgt 50%, die anderen 50% sind theoretische Aufgaben, nämlich kaufmännische Buchführung, Fachkunde, Verhandlungsgeschick und-und-und. Vier Monate dauerte so ein Lehrgang in Wolfenbüttel.

Nun wünschten wir alle unserm Freund viel Erfolg und verabschiedeten ihn in unserer Stammkneipe feucht und fröhlich.

In der nächsten Zeit hörten wir wenig von ihm, denn keiner von uns hatte Telefon, und Handys gab es noch keine.

Die Zeit verging und eines Morgens stand Edi wieder in der Backstube als wenn nichts gewesen wäre. Er hatte mit dem Chef vereinbart, dass auch weiterhin ein Arbeitsplatz im Betrieb für ihn bereitstand. Der älteste Lehrling kam schon mit einem Blumenstrauß und wollte ihm gratulieren. Aber ich merkte schon an seiner Miene, dass etwas schiefgelaufen war. Er grummelte etwas, das die Theorie nicht so gut gelaufen wäre. Da wussten wir alle sofort, dass die Meisterprüfung im Eimer war, also durchgefallen.

In den nächsten drei Wochen war er schlecht gelaunt, unzufrieden, mutlos, missmutig und sehr enttäuscht. Er ließ sich kaum noch nach Feierabend sehen. Die Blamage ging ihm anscheinend unter die Haut. Er hatte keine Lust mehr, den Beruf noch auf Dauer auszuüben.

Nun kam aber eine unerwartete Wende, die ich wohl nie vergessen werde. Fünf Freunde setzten sich zusammen und überlegten, wie Edi wieder aufgebaut werden könne. Einige schleppten ihm in lustige Filme, andere gingen mit ins Schwimmbad und ein Hobby-Psychologe von uns machte mit ihm stundenlange Waldspaziergänge. Jedenfalls war meistens einer von uns bei ihm, um ihn aufzumuntern. Nach drei Wochen konnte er auch schon wieder lachen, wenn ein fröhlicher Mensch witzige Geschichten erzählte. Nach zwei Monaten sprach er schon wieder von der Meisterprüfung. Er brauchte ja nur noch die Theorie nachzuholen. Die praktische Prüfung hatte er ja bestanden.

Nach sechs Monaten hatte er auch dieses Examen hinter sich und endlich das wichtige Diplom in der Tasche. Es gab ein großes Fest, und er bedankte sich nochmals bei jeden einzelnen für die Unterstützung. Danach aber verließ er uns Er ging zurück in seine Heimat, dort bekam er seine erste Meisterstelle.

Nach einem Jahr bekamen wir zu unserer Überraschung, einen freundlichen Gruß aus Norderney, unterschrieben von Edi, aber auch von Charlotte, die noch vor eineinhalb Jahren eine seiner geliebten Torten auf den Boden fallen ließ. Anscheinend war aber jetzt wieder alles in Butter.

Die verunglückte Getreideernte

Es war sehr heiß im Sommer 1945. Ich war dreizehn Jahre alt. Der Krieg war zu Ende und wir Halbwüchsige mussten wieder regelmäßig zum Schulunterricht.

In den vergangenen Jahren war das nie ganz sicher. Sehr oft hatten wir schulfrei, weil Lehrpersonen fehlten, oder wir mussten schon morgens wegen Fliegeralarm in den Luftschutzbunker. Oft mussten wir auch Bucheckern sammeln oder bei der Ernte helfen, oder Kartoffelkäfer von den Blättern abnehmen, oder, oder, oder …

Eines Tages sagte mir meine Mutter, ich solle unbedingt nach dem Schulunterricht dem Bauer Moser bei der Ernte helfen. Wir hatten selbst keine Landwirtschaft, und Mutter hoffte, dass ich etwas Essbares mit nach Hause brächte. Aber ich glaube, meine Mutter war auch beruhigt, wenn ich mit einer sinnvollen Arbeit beschäftigt war.

Das etwa fußballgroße Getreidefeld lag am Bahnhof und als ich gegen vierzehn Uhr dort ankam, war schon der noch leere Getreide - oder auch Heuwagen mitten auf dem noch nicht abgefahrenen Feld und wartete darauf, beladen zu werden. Meine Aufgabe war die einzelnen Garben herbei zu schaffen damit der ältere Helfer, Herr Willich, nicht so weit gehen musste und sie dann dem

Chef angeben konnte, der oben auf dem Wagen stand. Die einzelnen Garben standen zu je vier Stück zusammen gebunden auf dem Feld gleichmäßig verteilt. Herr Willich beförderte diese dann mit einer langen Gabel nach oben auf dem Wagen.

Dort stand der Bauer und sorgte dafür, dass die Ernte fachmännisch aufgeladen wurde. Wir drei arbeiteten Hand in Hand und die Arbeit ging gut voran. Nach einiger Zeit merkte ich, dass der Chef nach oben schaute.

Gegen Abend war Regen angesagt, und er wurde unruhig. Herr Willich, der ältere Helfer, hatte alle Mühe, trotz seiner langen Gabel die Garben nach oben auf den Wagen zu bugsieren. Der Bauer wollte auf alle Fälle die gut getrocknete Roggenernte heute noch unter Dach und Fach bringen.

Endlich war die letzte Garbe oben angelangt. In aller Schnelle wurde der schwere Stabilitätsbalken nach oben gehievt, er musste jetzt nur noch längsseitig festgezurrt werden. Dann kam Herr Willich auf mich zu und sagte: „Trotz deiner schätzungsweise 1,50 cm Größe hast du gut geholfen, genau wie ein Erwachsener". Ich fühlte mich zehn cm größer und war sehr stolz auf mich.

Dann stellte ich mich etwas abseits und sah mir diesen großen, passablen, schönen und vollbeladenen Erntewagen an. Ich war jetzt auch ein wenig selbstbewusst, denn ich hatte ja an diesem Werk mitgearbeitet.

Im selben Augenblick hörte ich unter dem Wagen ein Knurren, Knattern und Quietschen, obwohl sich anscheinend nichts bewegte. Aber dann sah ich die Ursache. Oben in der Spitze neigte sich der schöne Erntewagen langsam aber sicher zur Seite. Ich guckte nach oben, wo der Bauer schwitzend und angsterfüllt den schweren Balken auf die andere Seite heben wollte. Dann sah ich ihn schon nicht mehr und auch der Balken war nicht mehr zu sehen.

Der prachtvolle Wagen neigte sich dann weiter zur Seite und schlug kräftig auf. Es blieb nur noch ein großer Berg von durcheinanderliegendem Getreide zu sehen. Meine Sorge war nur: wo ist der Bauer? Nach eineinhalb Minuten bewegte sich der Berg und Herr Moser kam wieder zum Vorschein.

Er streckte die Glieder und atmete einmal tief durch. Gott sei Dank, alles war mit ihm in Ordnung. Es war wie bei einer Beerdigung, genau so standen die Leute schweigend am Grab, völlig sprachlos. Zunächst gingen wir alle nach Hause, denn die Regenwolken hingen schon sehr tief. Auf dem Rückweg mussten wir noch teilweise über die Hauptstraße, die ersten peinlichen Fragen kamen auf uns zu. Die Antworten überließen wir dem Bauer Moser, er meinte gereizt, wir hätten zu viel geladen.

Als wir dann endlich in der Scheune waren, kam der Regen sturzflutähnlich herunter. Ich dachte nur noch an den schönen Erntewagen und an das klatschnasse Getreide.

Seine Frau hatte aber trotz allem eine Tasche mit Eier, Butter und Milch parat gestellt, so hatte sich für mich die Arbeit doch noch gelohnt.

Mein erster Tag im Ausland

Ich hatte einen Arbeitsplatz am Niederrhein. Es war das Jahr 1953, also die Zeit, als die Deutschen so langsam den Mut fanden, endlich mal wieder ein fremdes Land zu besuchen. Ich war einundzwanzig Jahre alt und bis zu dieser Zeit noch nie in einem anderen Staat gewesen. Als ich die Anzeige las, dass einmal wöchentlich ein Bus nach Holland fährt, reizte mich diese Möglichkeit sehr, mitzufahren. Es fiel mir jedoch schwer, acht Jahre nach Kriegsende, mich zu der Busfahrt anzumelden.

Irgendwie hatte ich noch nicht den Mut, oder auch Angst, es könnte mir als Deutscher, etwas zustoßen. Man hörte ja bei vielen Gesprächen, wir wären wegen der Grausamkeiten des Krieges, im Ausland nicht beliebt. Es herrschte auch bei mir Beklemmung und Ungewissheit.

Meine Gedanken waren: Wie werden uns die Leute in Holland behandeln? Werden sie uns die Autoreifen zerstechen, oder uns gar bespucken? Aber eines Tages sah ich das Plakat wieder im Schaufenster mit der Aufschrift: Tagesfahrt nach Venlo.

Also, das war ja nicht so weit, das konnte ich doch wagen. Es kribbelte mir zwar immer noch in den Gliedern, aber nun meldete ich mich doch endgültig an. Lieber wäre es mir zwar gewesen, wenn mein Freund und Arbeitskollege Herbert noch mitgekommen wäre, aber er bekam an diesem Mittwoch keinen freien Tag. Ich saß nun in einem älteren Omnibus und fuhr Richtung Grenze.

Als erstes fiel mir auf, dass der Bus nur zu zweidrittel besetzt war. Natürlich war ich sofort der Meinung, dass andere Leute auch die gleichen Befürchtungen hatten und dem Frieden noch nicht trauten. Alles war ja noch neu und ungewohnt. Aber nun ging es los.

Jeder hatte schon seinen gültigen Ausländerpass in der Hand, denn wir wussten, in dreißig Minuten sind wir schon am Schlagbaum.

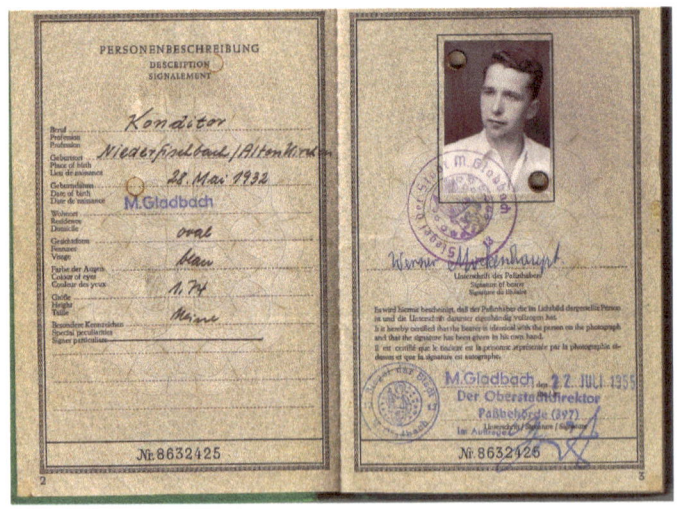

Die Grenzpolizisten kontrollierten auch sehr kleinlich. Jedes Gesicht wurde ganz genau mit dem Passagierschein verglichen. Das war schon alles sehr beunruhigend für mich. Obwohl ich Ende des Krieges erst dreizehn Jahre jung war, fühlte ich mich so, als wäre ich noch selbst mit schuld gewesen an dem schlimmen Krieg. Ich kauerte mich tief in meinen Sitz und wartete nun, was auf mich zu kommt.

Wir fuhren jetzt durch Venlo. Ich sah Bankgebäude, das große Rathaus und vor allen Dingen viele, viele Radfahrer. Auch schöne Geschäfte waren da und gut gekleidete Leute in sauberen Straßen. Die Häuser hatten eine andere Bauart. Mir fiel auf, dass auch an vielen Wohnungen die Gardinen fehlten, warum das in Holland so war, wusste auch keiner in unserem Bus.

Nach drei Stunden gab es eine Pause. Alle verschwanden in einer Art Bahnhofsgaststätte. Die meisten aßen Fritten und tranken holländisches Bier. Ich hatte auch Gulden dabei und versuchte es mit Blätterteigteilchen. Aus Berufsgründen wusste ich, dass der holländische Blätterteig sehr gut sein sollte. Er war es aber nicht, es war zu viel Ziehmargarine verarbeitet worden. Das ist zwar einfacher zum Herstellen, aber die Teilchen schmeckten nicht so gut. Ich merkte es an dem bitteren und höheren Schmelzpunkt auf der Zunge.

Dafür war der Kaffee aber gut. Ich sah aus dem Busfenster auch auf einem schönen und sehr großen Gemüse- und Obstmarkt, mitten in der Stadt. Wir sind dann auch ausgestiegen und schlenderten gemeinsam und langsam über diesen sehr geschmackvoll eingerichteten Handelsplatz. Es war ein ganz besonderes Erlebnis, weil es bei uns noch nicht so große Märkte gab. Aber das Überraschende für mich war, dass alle Verkäuferinnen und Verkäufer freundlich zu mir waren, obwohl ich mich nur in Deutsch verständigen konnte. Alle siebenundzwanzig Busreisende blieben wie verabredet nahe zusammen, keiner hatte den Mut, auf eigene Faust etwas zu unternehmen.

Dann passierte es aber doch. Herr Ellrich aus der ersten Reihe fehlte beim Nachzählen. Er war nicht da und auch weit und breit nicht zu sehen. Einige von uns schwärmten aus und waren auch zehn Minuten später wieder im Bus, aber keiner hatte ihn gesehen.

Unser Reiseleiter war sehr nervös, zumal wir jetzt mit dem Bus, laut Polizei, an eine andere Stelle, nämlich achthundert Meter weiter parken mussten. Der findet uns nie, sagte eine Mitfahrerin, außerdem hatte er auch nur noch zehn Gulden in der Tasche. Woher die Frau das wusste, ist mir ein Rätsel geblieben.

Ich verdrückte mich wieder in meine Ecke und war froh, dass ich mich in unserem Bus wieder ein bisschen wie zu Hause fühlen konnte. Nun blieben alle stillsitzen und warteten. Nur der Reiseführer, welcher holländisch sprach, ging immer langsam um den Bus herum. Gefühlte Stunden später tauchte der verlorene Sohn endlich wieder auf. Er hatte uns in der Masse verloren und war froh und erleichtert wieder bei uns zu sein.

Ein Aufatmen ging durch den Bus, und es wurde laut geklatscht. Nun ging es aber endlich ab nach Hause. Meine Bedenken wegen der Fahrtüchtigkeit des Busses bewahrheitete sich. Kurz vor der Grenze gab der Bus seinen Geist auf. Bei einer kleinen Steigung setzte der Motor aus und sprang auch nicht wieder an. Außerdem wurde es auch schon dunkel.

Der Fahrer machte die Motorhaube auf und versuchte mit einer Taschenlampe den Fehler zu finden. Nach fünf Minuten sagte ein Mitfahrer, „der Mann hat keine Ahnung". Aber der Kritiker anscheinend auch nicht. Der Reiseführer lief dann zum nächsten Haus, und Gott sei Dank, gab es dort ein Telefon, welches er auch dann sofort benutzen konnte.

Nach weiteren dreißig Minuten kam dann ein holländischer Monteur auf einem Motorrad. Schnell hatte er den Fehler gefunden, und wir konnten wieder getrost weiterfahren. Schon wieder musste ich meine bisherige Meinung korrigieren, dass ein freundlicher, holländischer Autoschlosser einem deutschen Reisebus aus der

Klemme half, war für mich schon erstaunlich. Jetzt waren wir aber froh, endlich wieder in heimatliche Gefilde angekommen zu sein. Es war ein aufregender, aber schöner Tag.

Keiner war von den Holländern gekränkt worden. Alle waren positiv überrascht von der Freundlichkeit uns Deutschen gegenüber. Ich war der jüngste Teilnehmer im Bus und jetzt stolz, dabei gewesen zu sein.

Ein Tag in den Schweizer Alpen

Der Vierwaldstätter-See lag noch im morgendlichen Nebel. Es war sieben Uhr, und es schien ein sonniger Tag zu werden. Ich war dreiundzwanzig Jahre alt und befand mich auf dem Weg von Luzern nach Vitznau. Zu dieser Zeit waren schon viele junge Leute auf dem Weg zu ihren Arbeitsstellen. Das kleine, schnellere Linienschiff nannte man nur den Wasser-Omnibus, weil fast nur berufstätige Leute zu dieser frühen Stunde unterwegs waren. Die nächsten Haltestellen waren Meggen, Weggis und dann kam schon Vitznau.

Ich hatte seit einem Jahr eine Arbeitsstelle in Luzern angenommen. Ein befreundeter Kollege hatte mich gebeten, wegen eines Trauerfalls in der Familie, ihn für einen Tag zu vertreten. Sein Arbeitsplatz war auf dem 1470 Meter hohen Berg Rigi, auch genannt: „Die Königin der Berge". Ich hatte meinen freien Tag und habe auch sofort zugesagt, zumal mir Robert versicherte, "mit dem dortigen Kollegen wirst du gut auskommen".

Jetzt, nach einer Schifffahrt hieß es umsteigen auf die Zahnradbahn nach oben bis Rigi-Kulm. Diese Bergbahn wurde schon 1871 in Betrieb genommen und war die erste Zahnradbahn in der Schweiz. Robert versicherte mir, dass alle Schweizer Bergbahnen absolute sicher wären. Die Fahrt nach oben dauerte eine halbe Stunde. Aber die Schönheit der unzähligen Gipfel im Sonnenschein, und die tiefen Abgründe direkt neben der Bahn konnte ich leider nicht genießen. Ich merkte bald, dass ich nicht schwindelfrei war und habe meinen schönen Fensterplatz dann auch nach einigen hundert Metern gegen einen Platz in der Mitte getauscht.

Dennoch fühlte ich mich dann, trotz enger Kurven und starker Steigungen besser aufgehoben.

In einer halben Stunde war die Endstation Rigi-Kulm erreicht, und ganz in der Nähe sah ich schon das Gipfel-Café. Das Panorama hier oben im Sonnenschein, was die Rigi so bekannt gemacht hat, war für mich ein Erlebnis. Nur die vielen Seen im Tal waren noch nicht alle zu sehen, weil der Morgennebel sich unten noch nicht ganz verzogen hatte. In dem dortigen, einzigen Café, ging es nach einer kurzen Begrüßung sofort los mit der Arbeit.

Es war die Erdbeerzeit und es wurden heute auch fast nur Erdbeertorten gemacht. Ich staunte, denn das Geschäft lief sehr gut hier oben. Regelmäßig, nach neunzig Minuten kam in den Spitzenzeiten eine weitere Bahn nach oben und die vorhergehende fuhr dann wieder nach unten. Fast alle Touristen kamen auch ins Café, tranken Kaffee und jeder vertilgte durchschnittlich eineinhalb Stück Kuchen. Mit dem älteren Kollegen konnte ich gut zusammenarbeiten, und wir zwei Konditoren waren auch den ganzen Tag ausgelastet. Dann kam gegen 16^{00} Uhr der Anruf von unten, dass soeben die Bahn mit siebzig Personen auf dem Weg zum Gipfel unterwegs wäre.

„Dann müssen wir uns sputen, wir machen noch schnell zehn Erdbeertorten", sagte der Kollege, denn normalerweise kamen um diese Zeit nicht mehr so viele Leute nach oben. In ca. dreißig Minuten mussten die Torten in der Theke stehen, wenn möglich schon in je zehn Stücke geschnitten.

Dann kam auch schon die Bahn und ca. siebzig Personen bevölkerten den Platz, die Wege und alle Parkbänke. Auch die vier

Standfernrohre, welche für fünfzig Rappen benutzt werden konnten, waren immer in Betrieb. Aber dann lungerten fast alle so herum, guckten durch die Gegend und unterhielten sich. Nur ganz wenige kamen ins Café und die wollten keine Erdbeertorte, jedenfalls wurde nur noch eine Torte verkauft. Wir ärgerten uns sehr und wollten wissen, wie das möglich war. Eine Verkäuferin versuchte den Grund zu erfahren, hatte aber keinen Erfolg. Einige waren sehr wortgewandt, aber wir konnten leider die asiatische Sprache nicht verstehen.

Jedenfalls saßen wir auf neun stehengebliebenen, schönen frischen Erdbeertorten, die auch zu allem Übel schon geschnitten waren. Wir haben die Erdbeeren dann vorsichtig abgenommen und zu Erdbeermarmelade verarbeitet. Mein Arbeitstag endete um 19 Uhr und mit der letzten Bahn fuhr ich wieder nach unten. Es war eine wunderbare Talfahrt, die ich sehr genossen habe. Aber unten in Vitznau angekommen musste ich für meine Trödelei Nachteile auf mich nehmen, denn von dem sogenannten Wasser-Omnibus sah ich nur noch die Rücklichter. Jetzt musste ich den letzten Teil meiner Reise mit dem teuren Taxi bewältigen. Obwohl ich nur einen Tag auf der Rigi war, und arbeitsbedingt sehr angespannt war, habe ich viele neue Eindrücke gewonnen.

Ski - Lehrgang in der Schweiz

Skifahren - leider bin ich in dieser schönen Sportart nie ein Könner gewesen, aber wie gerne wäre ich es geworden. In jungen Jahren fehlte mir immer die Zeit und die Möglichkeit, mich mit diesem Sport zu beschäftigen. Hinzu kam, dass mir das Selbstvertrauen fehlte und ich mich für völlig unbegabt hielt. Später änderte ich diese Meinung.

Ich arbeitete als 25jähriger in der Zentralschweiz. Ab November entstanden große, weiße Schneelandschaften vor meinen Augen. Die Sehnsucht stieg, es den vielen Schweizer Bürgern und Wintertouristen gleich zu tun, nämlich lustig über die weißen Hügel und Hänge zu gleiten.

Ich lernte Sepp, einen Berufskollegen kennen. Wir verstanden uns gut und freundeten uns bald an. Er kam aus einem Dorf in den Bergen. Ski fahren war sein Leben. In den Wintermonaten ging er oft seinem Nebenberuf nach und verdiente sich einige Franken als Skilehrer.

Für mich ergab sich dadurch die Gelegenheit, dieser Freizeitbeschäftigung näher zu kommen. Jetzt oder nie, sagte ich mir und drängte Sepp, mich gemeinsam mit einer Anfängergruppe zu unterrichten. Er sagte zu, erkundigte sich aber noch nach meinen Vorkenntnissen:

„Bist du schon mal eine leichte Abfahrt gelaufen?"

„Macht es Schwierigkeiten, die Richtung zu ändern oder kleine Sprünge zu machen?"

„Wie sieht es mit dem Langlauf aus?"

„Und macht das Grätschen am Steilhang Probleme?"

Ich erzählte ihm von meinen Schwierigkeiten in der Kriegs- und Nachkriegszeit in Deutschland:

Ich war 13 Jahre alt, als ich meine ersten Skibretter in den Händen hielt. Nur oben abgerundet, aber nicht gebogen. Dann habe ich diese unfertigen Skier zwei Stunden in Wasser gekocht, danach waren die Birkenholzbretter weich und ich konnte sie auf einer Leiter so einklemmen, dass die Spitzen sich krümmten, ohne zu brechen. Mit Holzschrauben und Schnüren klappte es auch mit der Befestigung. Das war alles, was ich an Erfahrung vorweisen konnte.

Sepp verstand mich sofort und nannte mir die Termine für das nächste Kurzseminar.

Nun stand mir die Anprobe noch bevor. Er schloss ein großes Scheunentor auf und zeigte mir seinen ganzen Stolz. Es waren neun Paar Skier, welche in Reih und Glied an der Wand standen. Schöne, dünne, federleichte Sportgeräte und alle mit Sicherheitsbindung. Eine wahre Pracht für mich Neuling.

„Nein, diese nicht", sagte er. „Das sind spezielle Abfahrtsskier." Die nächsten waren zu lang. Wir einigten uns auf die etwas Breiteren, Grünen, welche aber noch gewachst werden mussten. Herrlich, dachte ich, und stellte mir vor, wie ich mich mit dieser schönen, sicheren Ausrüstung draußen im Schnee bewegen würde.

In der zweiten Dezemberwoche traf ich mit meinen Mitschülern zusammen. Sieben Männer und drei Frauen wollten den weißen Sport von Sepp erlernen. Stehen, gehen, bücken, und dann die ersten fünf Meter laufen, wenn möglich, ohne Hinfallen. Die ersten Übungen hatten wir bald hinter uns. Dann ging es weiter mit der Anweisung, während der Fahrt eine Richtungsänderung vorzunehmen. Das Abbremsen haben wir auch intensiv trainiert. Die Hügel wurden länger und die Abfahrten steiler. „How do you do", rief mir Andrew, der englische Senior unserer Gruppe, zu, als ich fünf Meter neben ihm zum Stehen – bzw. zum Liegen kam. Die etwas knubbelige Marianne aus Deutschland lief total in die falsche Richtung und konnte sich nur noch durch Hinsetzen selber abbremsen. Eddi, der sechzehnjährige Kochlehrling, machte uns neidisch, weil er schon so viele Extras ausführen konnte und von Sepp immer als gutes Beispiel angeführt wurde.

Dann, nach zwei Wochen, war es so weit. Die letzte Stunde unseres kurzen Seminars war angebrochen. Unsere Gruppe stand auf einem Berg, mit mittelschwerer aber langer Abfahrt. Eine kurze Zeit verweilte ich noch auf der Anhöhe und genoss die Weite, den pulvrigen Schnee und die Sonne, welche aus den Wolken hervorkam. Vor allen Dingen aber die Gewissheit, dass ich mich nun einigermaßen auf Skiern bewegen konnte. Ich war stolz, freute mich und träumte.

Dann nahm ich meine Gruppe wieder wahr. Ich sah, wie jeder einzelne sich löste, den Berg hinunterfuhr, und ganz tief unten als kleines Pünktchen verschwand.

Als Letzter stieß ich mich ab, der Fahrtwind blies mir ins Gesicht und die Anspannung stieg.

Nach kurzer Zeit überwältigte mich ein Glücksgefühl, eine Freude, welche ich laut hinausschreien wollte. Ohne Blessuren kam ich unten an. Meine Freunde warteten und klatschten Beifall.

Nach einer anschließenden Feier gingen die schönen Tage zu Ende.

Ein verflixter Sonntag

Der Spätsommer im Jahr 2010 schien ein sonniger Tag zu werden. Meine Frau und ich waren schon früh unterwegs nach Freiburg im Breisgau. Wir hatten uns dort verabredet mit unseren fünf "sogenannten Kindern". Das waren unser Sohn Andreas, unsere Schwiegertochter Anke und unsere Enkel Tobias (17 Jahre) Vivien (13 Jahre) und Fabienne (10 Jahre). Sie kamen alle aus Sigmaringen (ca. 140 km) und wir aus Frechen (ca. 420 km). Alle zusammen wollten wir einen schönen, gemeinsamen Tag in Freiburg erleben. Nach einer Stunde Fahrt, also Nähe Koblenz, fing es sehr stark an zu regnen. Nach wiederum fünfzehn Kilometern kam die erste unerwartete Baustelle. Aber danach konnten wir unsere Durchschnittsgeschwindigkeit von 120 km/h lange Zeit gut einhalten. Sogar das Wetter spielte wieder mit. Doch nach vielen weiteren Kilometern wurde es sehr schlimm. Wir mussten die Autobahn verlassen, dann ging es über Stock und Stein, durch viele Dörfer und an vielen Ampeln vorbei. Meine Frau war am Steuer und überlegte, wie wir jeweils aus diesem Gewusel wieder rauskommen würden. Wir hatten zwar den Fahrplan großzügig berechnet, aber dieser kam jetzt ganz durcheinander. Nach einer Pause wechselten wir die Plätze und meine Frau telefonierte und telefonierte. Ein neuer Treffpunkt wurde ausgemacht und zwar eine Stunde später am Freiburger Münster.

Als wir endlich dort ankamen, merkten wir, dass dort ein großes, religiöses Fest im Gange war. Unser festgelegter großer Parkplatz war total belegt. Also mussten wir noch einen weiter entfernten Parkplatz suchen. Als wir endlich an der Kirche angekommen waren, war die Feierlichkeit innerhalb des Gotteshauses gerade erst beendet, und die große Kirche entleerte sich, aber sehr langsam. Wir sahen Bischöfe und viele Amtsträger mit entsprechenden Fahnen.

Ich dachte, in dieser Menschenmenge sehen wir unsere Kinder so leicht nicht wieder. Aber siehe da, schon nach kurzer Zeit, sah ich unseren großen, das ist der älteste Enkel Tobias, mit seiner kleinen Schwester Fabienne an der Hand. Ich holte sie aus der Menge raus und sie wussten auch in welcher Richtung die drei anderen zu suchen waren. Nach einer ausgiebigen Begrüßung hatten wir alle Hunger. Nun also zu unserem Restaurant, wo wir uns angemeldet hatten. Erst jetzt fiel mir ein, dass wir eine Stunde zu spät dran waren, und unser reservierter Tisch wahrscheinlich jetzt besetzt war. Und so war es auch. Aber die Chefin war sehr hilfsbereit und nach fünf Minuten rumstehen hatte sie es geschafft, dass wir alle zusammen an einem großen Tisch Platz nehmen konnten. Das Mittagsmahl wurde auch zügig serviert und war sehr lecker. Nach einiger Zeit musste es aber weitergehen, denn wir wollten noch einige Sehenswürdigkeiten unter die Lupe nehmen. Vor allen Dingen hatte es mir ein bekanntes Konditorei-Café angetan. Das wollte ich mir auf alle Fälle von innen und außen genau ansehen und natürlich von dem Angebot auch probieren. Darüber hinaus wollte ich auch etwas ganz Spezielles mit nach Hause nehmen und untersuchen.

Doch auf einmal wollten wir alle raus. Es musste natürlich vorher bezahlt werden. Nun gibt es bei uns ein ungeschriebenes Gesetz: wenn Oma dabei ist, zahlt Oma alles, und bei sieben hungrigen Leuten kommt schon etwas zusammen.

Nun passierte etwas ungewöhnliches, in der Handtasche meiner Frau war das Portemonnaies nicht zu finden. Bei dieser Handtasche gibt das meistens ein Suchspiel, aber bisher ist die Geldbörse immer noch gefunden worden, nur diesmal nicht. Heute war anscheinend alles anders. Die Nervosität stieg, meine Frau wurde richtig blass. Nach einiger Zeit musste sie zugeben, dass das Portemonnaie wirklich weg war, obwohl sie immer noch vor sich hinmurmelte, "das kann nicht wahr sein, das ist unfassbar". Der Geldbeutel mit allen Papieren war endgültig verschwunden.

Der Kellner, welcher sich freundlich zurückgezogen hatte, kam jetzt aber wieder in unsere Nähe. Unser Sohn hatte zwar Geld, aber es reichte nicht, denn er musste noch tanken. Meine Frau war sehr unruhig und machte sich im Laufschritt auf den Weg zum Parkplatz, der 500 Meter entfernt war, dort stand unser Auto. Vielleicht hatten wir dem Portemonnaie ins Auto gelegt, denn wir hatten an der letzten Raststätte noch Kaffee getrunken und bar bezahlt.

Zwischenzeitlich lief mein Sohn zum nächsten Geldautomaten und kam - Gott sei Dank - mit genügend Geld zurück. Ich konnte also alles bezahlen und mich selbst auch auslösen, denn ich war sozusagen als Pfand im Lokal geblieben.

Ich ging also als letzter los und sah, dass meine Enkelin Vivien 50 Meter vor mir mit meinem Handy rumspielte. Plötzlich lief sie mir entgegen, weil das Handy klingelte, aber bis ich den Hörer am Ohr hatte, war das Gespräch weg. Jetzt gab es große Diskussionen, wer war schuld, dass das nicht geklappt hatte. Aber siehe da, während des ganzen Gezeters klingelte das Handy zum 2.Mal wieder. Jetzt war ich also sofort am Hörer. Eine Frau fragte mich, ob ich was verloren hätte. Als ich bejahte, ging alles ganz schnell und wir machten einen Treffpunkt aus. Vivien holte meine Frau ein, und brachte ihr die erlösende Nachricht, die Geldbörse war gefunden.

Jetzt war es überall zu spüren, das allgemeine Aufatmen und die frohen Gesichter. Wir trafen am vereinbarten Treffpunkt eine junge Frau mit ihrer 10jährigen Tochter. Sie kamen aus Kiel und waren Touristen, wie wir. Die Tochter hatte das Portemonnaies am Münsterplatz gefunden und war auch mit Recht ganz stolz. Sie hätten als erstes die Visitenkarte gefunden und gleich angerufen. Alle waren erleichtert und das Mädchen wurde von allen Seiten liebkost und mit Dank überschüttet.

Meine Frau machte als erstes den Geldbeutel auf, aber das Lachen verging ihr, denn alles Bargeld war weg, und die Leidensbittermiene kam wieder zum Vorschein. Die Leute aus Kiel konnten das alles nicht ganz verstehen denn die wichtigen Papiere waren ja alle noch da, und das war ja eine ganz tolle Sache. Ich versuchte mich nochmals zu bedanken und einen Finderlohn zu übergeben, aber sie waren ganz plötzlich in der Menge verschwunden.

Nachdem wir uns jetzt nur noch die Innenstadt von dieser schönen Stadt Freiburg ansehen konnten, mussten wir dann unseren Heimweg antreten.

Trotzdem haben wir später Freiburg noch einmal unter besseren Umständen besucht, und wir haben eine wunderschöne Stadt in Erinnerung.

Plötzlich war mein Auto weg

Ja, es war nicht mehr zu sehen, einfach weg. Ich hatte es morgens gegen acht Uhr hinter der Kölner Handwerkskammer, am Sassenhof abgestellt. Es war 1964, die Tiefgarage vor dem Heumarkt existierte noch nicht. Im Hinterhof stand zwar ein verschmutztes Verbotsschild, aber in der Nähe sah ich, dass noch zwei andere PKW parkten, und ich stellte auch mein Fahrzeug dort ab, zumal zwischen den Pflastersteinen viel Unkraut zu sehen war, also für mich noch ein Grund, das Verbotsschild nicht zu beachten.

Ich schloss den Wagen ab und beruhigte mich noch im Weitergehen, dass eventuell zehn DM Bußgeld immer noch günstiger wären, als jetzt noch lange zu suchen. Die Konditoren-Innung hatte in der Handwerkskammer Räume angemietet und dort eine neue Konditoren-Backstube installiert. Im Laufe des Vormittags fragte ich einen Prüfungskollegen, wo er denn sein Auto geparkt hätte. Er hatte sich ein gutes System ausgearbeitet.

Dem Pächter, der in der Nähe liegender Tankstelle, schenkte er vier bis fünf kleine, leere Quarkeimerchen mit Deckel, welcher dieser anscheinend gut gebrauchen konnte. Jedenfalls überließ er meinem Freund Edi dann einen kostenlosen Parkplatz auf dem Tankstellengelände.

Gegen dreizehn Uhr steuerte ich nun doch mit einem etwas ungu-
ten Gefühl meinen Parkplatz an. Als erstes sah ich, dass die zwei
Autos von heute Morgen nicht mehr zu sehen waren. Ich ging um
die Ecke, aber auch mein Auto war weg.

Kein Mensch weit und breit war zu sehen, den ich hätte anspre-
chen können. Ich wurde nervös, weil zu Hause noch eine große
Bestellung nach Gleuel gebracht werden musste, die ich unbedingt
selbst erledigen wollte. Ich versuchte nun ganz ruhig zu bleiben.
Endlich steuerte ein älterer Mann eine Haustüre in der Nähe an,
welchen ich sofort fragte, ob er jemanden gesehen hätte, der meinen Fiat 650 gestohlen hätte. Natürlich nicht, aber bevor er die
Türe schloss, bemerkte er, dass er am Vormittag einen Abschlepp-
dienst gesehen hätte. Wahrscheinlich hatte mein Auto keiner ge-
klaut, sondern die Polizei hatte ganz offiziell meinen Wagen ab-
schleppen lassen. Aber wohin? Niemand konnte mir Auskunft ge-
ben.

Eine Idee kam mir dann an der Tankstelle. Der Pächter wusste es
auch nicht genau, meinte aber, die Autos würden irgendwo zu einem Platz in die Südstadt bugsiert. Eine genaue Adresse wusste er
auch nicht. Jetzt blieb mir aber wegen der vorgerückten Zeit nichts
anders übrig, als mit dem Taxi nach Frechen und dann mit dem-
selben Taxi nach Gleuel zu fahren. Nun ging es zu Hause telefo-
nisch weiter, nämlich die Suche nach meinem Auto in der Kölner

Südstadt. Aber eine Straßenadresse konnte mir auch keiner sagen. Ich merkte mittlerweile, dass das Leben in der Großstadt, wie Köln, unruhiger und manchmal auch rücksichtsloser verlaufen konnte, als in kleineren Städten, in welchen ich bisher gelebt und gearbeitet hatte.

Zu dieser Zeit meinte ich für mich, diese harte Bestrafung wäre sehr unfair. Aber nun fuhr ich mit der Straßenbahn Richtung Südstadt weiter. Überall fragte ich, aber keiner wusste genau, wo abgeschleppte Autos hingefahren wurden. Es wurde schon dunkel. Meine letzte Rettung war eine Bäckerei an der Ecke. Die Chefin war freundlich und wusste auch sofort Bescheid, konnte mir den Weg dorthin aber nur beschreiben.

Zehn Minuten musste ich noch weiterlaufen, der Platz lag sehr verwinkelt um die Ecke und war wirklich schwer zu finden. Dort gab es ein großes verschlossenes Tor.

Der Parkwächter war sehr schlecht gelaunt. Er wollte achtzig D-Mark haben und die Unterschrift, dass mein Auto in der Zwischenzeit keine Blessuren erlitten hatte.

Also ich zurück zum Standplatz. Eine kleine Delle am Kotflügel war ganz neu, jedenfalls hatte ich sie noch nie gesehen. Ich sagte dem brummigen Mann, dass ich das vor mir liegende Formular so nicht unterschreiben könne. „Dann mache ich das Tor nicht auf", sagte er. „Der Gutachter kommt erst morgen gegen sechzehn Uhr", sagte er kurz und bündig.

Schon ließ er mich stehen und beschäftigte sich mit dem nächsten schimpfenden Autofahrer. Ich habe das Papier dann doch murrend und knurrend unterschrieben, und war schließlich froh, als das Auto endlich wieder Richtung Frechen unterwegs war. Die Anzeige kam vierzehn Tage später, das Bußgeld betrug dann nochmal fünfzig DM.

Den Fiat 650 habe ich ein halbes Jahr später eingetauscht, mit der Delle.

Es war ein rabenschwarzer Tag

Um sechs Uhr klingelte das Telefon. Ich suchte meine Frau, da fiel mir ein, dass sie ja noch im Krankenhaus lag und ich hatte vergessen, den Wecke zu stellen. Unser Geselle und der Lehrling standen vor der verschlossenen Tür. Sofort fiel mir ein, dass heute um zehn Uhr eine Bestellung von elf Torten nach Marsdorf gebracht werden musste, in dem neuen Kaufhaus belieferten wir die zuständige Cafeteria.

Als ich in die Backstube kam, sah ich, dass die beiden Mitarbeiter mit leeren Konservendosen Wasser vom Boden schöpften. Der Grund war ein Rohrbruch. Jetzt fing ich an kribbelig zu werden, also sofort ans Telefon. Ich konnte wählen, so oft ich wollte und welchen Handwerker ich auch anrief, vor acht Uhr war nichts zu machen. Mittlerweile hatte ich bemerkt, dass auch Wasser durch den Aufzug in den Laden und von dort auch in den Keller gelaufen war. Ein Zucker- und Ein Mehlsack waren schon eingeweicht und nicht mehr zu gebrauchen.

Endlich, kurz nach acht Uhr kam dann auch ein Klempner mit seinem Lehrling ins Haus. Jetzt sollte nach meiner Meinung alles schnell gehen, aber die Beiden ließen es sehr ruhig angehen. Ich wurde nervös und ärgerte mich. Leider änderte das auch nichts.

Dann kamen die Verkäuferin und die Serviererin, und Beide haben sofort fleißig mitgeholfen. Sie taten, was sie konnten, obwohl diese ungewohnte Arbeit nicht im Arbeitsvertrag verzeichnet war.

Ich hatte immer wieder die große Bestellung nach Marsdorf im Kopf, doch mit diesen Torten ging es nicht voran. Gegen halb neun Uhr kamen die ersten Gäste ins Café, die auch volles Verständnis für die Unannehmlichkeiten hatten. Sie waren dann mit guten Ratschlägen bei der Hand und hielten dadurch meine fleißigen Damen von der Arbeit ab. Ein ungeduldiger Gast beklagte sich, weil er nicht schnell genug bedient wurde. Beim Rausgehen hat er dann noch vor sich hingemurmelt: „Das müsste mein Laden sein", natürlich mit dem Hinweis, dass dann alles besser wäre. Das hätten die Mitarbeiter mir besser nicht gesagt. Den ganzen Tag habe ich mich über diesen Gast geärgert und mir ausgedacht, was ich ihm alles gesagt hätte. Nun rief auch noch meine Frau aus dem Krankenhaus an und wollte wissen, ob alles in Ordnung wäre. „Es läuft alles gut", sagte ich „du kannst ruhig schon mal öfter frei machen". Später sagte sie mir aber doch, sie hätte an meiner Stimme gemerkt, dass nicht alles gut gewesen wäre.

Dann kam mir wieder die Tortenbestellung in den Kopf. Ich rief einen Mitarbeiter in der Cafeteria an, aber dieser hatte kein Verständnis für die erbetene Stunde Verspätung, die ich angab.

Aber das Schlimmste, das Allerschlimmste sollte noch kommen. Weil es draußen immer noch regnete, half mir mein Lehrling mit einem großen Regenschirm die Bestellung ins Auto zu bugzieren.

Dann fuhr ich mit laufendem Scheibenwischer los. Es war schon halb zwölf Uhr und ich war unruhig. Die vor mir fahrenden Autos fuhren mir zu langsam und beachteten mein Drängeln nicht. In Marsdorf kam dann endlich die letzte Ampel. Ich war mir sicher, die schaffe ich noch. Der vor mir fahrende Wagen fuhr schon die ganze Zeit zügig, aber sicher. Ich heftete mich an seine Stoßstange. Vielleicht konnte der Fahrer mich nicht leiden, denn plötzlich und unerwartet bremste er und fuhr nicht über die Kreuzung. Er sagte mir, die Ampel wäre plötzlich auf gelb gestanden und er hätte keinen Mut mehr gehabt weiter zu fahren, ich hatte aber noch fest damit gerechnet. Ich schlug mit dem Kopf gegen die Windschutz-scheibe und mit der Brust gegen das Lenkrad. Nun musste ich mich erst mal wieder zurechtfinden. Dann dachte ich sofort an meine Torten, welche ich vorher schon alle geschnitten hatte. Die einzelnen Stücke lagen kreuz und quer im Auto verteilt. Ein Stück Sahnetorte hatte sich auf meinen Hinterkopf zerteilt. Es war jeden-falls von den elf Torten nichts mehr zu gebrauchen. An die Proze-dere mit dem Fahrer des Wagens vor mir kann ich mich gar nicht mehr so richtig erinnern.

Meine größte Sorge war, was sag ich dem Chef der Cafeteria. Aber die jetzt zuständige Frau hatte dann „Gott sei Dank" doch Ver-ständnis für meine Situation. Wir waren noch nicht lange selbstän-dig und wir brauchten den täglichen Auftrag. Noch zehn Jahre habe ich tagtäglich viele Torten nach Marsdorf gefahren, aber im-mer pünktlich und ohne Unfall, und alle waren auch zufrieden.

Weihnachtszeit in einer größeren Backstube

Ich war 23 Jahre alt und erst seit Mai in diesem viel größeren Betrieb tätig.

In der Backstube waren wir drei Meister, sieben Gesellen und sechs
Lehrlinge. Dann waren noch vier Helferinnen und ein älterer Herr,
der für alle Reinigungs – und Aufräumungsarbeiten zuständig waren.

Die tägliche Arbeit war untereinander gut eingeteilt. Es gab verschiedene Abteilungen im Betrieb. Bei den Gesellen hatte jeder seinen festen Bereich, es gab den Torten- den Blätterteig- und den

Sahneposten. Dann waren da noch der Back-, Pralinen-, Eis und Obstposten und der Maschinenposten der für alle Massen, wie Wiener-, Mohrenkopf-, und Eiweiß- oder Buttercreme zuständig war.

Im Oktober ging es aber dann los mit der Weihnachtsbäckerei, mit einer Vielseitigkeit und Schnelligkeit und einen Druck, den ich noch nicht erlebt hatte. Es wurde alles anders in der Backstube, damit hatte ich nicht gerechnet. Ich hatte den Eindruck, das schaffe ich nicht. Zwölf Stunden täglich waren an der Tagesordnung. Die außergewöhnlichen Arbeiten, wie die Anfertigung von Stollen, Printen, Spekulatius, Zimtsterne, Anisplätzchen, Pralinen und Marzipanartikel kamen ja noch zuzüglich zur täglichen Arbeit dazu. Alles musste schnell gehen und es durfte kein Fehler passieren. Ein Glück, dass es hier in meinem neuen Betrieb ein sehr gutes Miteinander gab, denn wenn Not am Mann war, halfen wir uns gegenseitig aus der Klemme. In dieser ersten Weihnachtszeit sind wir gute Freunde geworden, wenn auch nachher wieder viele in alle Welt verschlagen wurden, existieren auch heute zum Teil noch viele Freundschaften und werden immer wieder gegenseitig aufgefrischt.

Die Backzettel waren jeden Morgen bis obenhin voll. Dann kam noch eine außergewöhnliche Bestellung auf uns zu, wo wir alle nicht mehr mitgerechnet hatten. Eine große Möbelspeditionsfirma

bestellte 180 Weihnachtsgeschenke für Kunden und Betriebsange-
hörige. Der Chef erklärte uns, das Geschenk solle 300 g wiegen,
mindestens sechs Wochen essbar sein und attraktiv eingepackt
werden. Der schwierigste Punkt allerdings war, die Zeit, da diese
Bestellung schon in dreizehn Tagen ausgeliefert werden sollte und
das bei all dem weihnachtlichen Trubel. Nach drei Tagen kam der
Backstubenleiter auf mich zu und erklärte mir, das Geschenk soll
ein stilisiertes Transportfahrzeug aus Marzipan sein, mit der Aufschrift: Meyer & Nell. Ich bekam den Auftrag diese Schrift aus Kuvertüre auf die Fahrertüre zu schreiben. Sprach es und weg war er
schon wieder irgendwo anders. Im Weggehen murmelte er noch:
„Ein Geselle im zweiten Gesellenjahr sollte dazu in der Lage sein."
Ich hatte also keine Gelegenheit mehr, weitere Informationen aus
ihm herauszuholen.

Ich hatte Bammel, denn eine klare und sichere Schrift aus Kuvertüre war nicht unbedingt meine Stärke. An drei Nächten habe ich
mit Kuvertüre geübt und überlegt, soll ich große oder kleine Buchstaben schreiben, dicke oder dünne? wie soll die Anordnung sein.
Alles einfacher gesagt als getan, denn ich hatte bisher nur in kleineren Betrieben gearbeitet, wo solche großen und komplizierten
Arbeiten nicht bestellt wurden. Der Meister gab mir fünf Stunden
Zeit für diese spezielle Arbeit aber ohne die anderen Arbeiten zu
vernachlässigen. Zwischendurch schaute ich schon mal zu meinen

Kollegen, wie weit diese mit der großen Lieferbestellung in der Zeit lagen. Ich staunte, wie fachmännisch und problemlos der Möbelwagen aus Marzipan Stück für Stück Gestalt annahm. Meistens war ich schon nervös, wenn ich nur daran dachte, dass ich die 180 Stück alle beschriften musste. Schon wieder Druck, denn ich war ja der Letzte, welcher an dem Stück arbeiten musste.

Dann war es soweit. Ich hatte alles 100% vorbereitet, die Kuvertüre hatte die richtige Temperatur, 80 Spritztüten waren gedreht und der Platz für das Ablegen der fertigen Stücke war geschaffen.

Dann ging es los mit meiner speziellen Arbeit. Alles klappte gut. Jedenfalls war ich mit mir selbst zufrieden. Nur vier Stück waren durch kleine Mallörchen, nicht zu gebrauchen. Aber der Backstubenleiter hatte vorsichtshalber fünf Stück zur Reserve mit eingeplant.

Abends nach Feierabend haben die Verkäuferinnen die Geschenke noch vorsichtig verpackt, mit Cellophan und roten Schleifen. Nach meiner Meinung sah alles sehr gut aus, und ein klein wenig war ich sogar stolz auf meine Arbeit.

Die fertigen Geschenke wurden noch spät abends in das Lieferauto gepackt und am nächsten Tag lieferte unser Fahrer mit seiner so genannten Tortenkutsche die große Bestellung zur angegebenen Adresse.

Alle Beteiligten haben aufgeatmet, als das Fahrzeug mit der wichtigen Ladung wegfuhr.

Im neuen Jahr kam dann auch noch der Inhaber der Möbelspedition persönlich in die Backstube und dankte uns für ausgezeichnete Arbeit. Wir freuten uns sehr über das Lob, denn dass ein zufriedener Kunde extra in die Backstube kam, war nicht alltäglich.

Das neue Jahr jedenfalls hatte für uns alle einen guten Anfang genommen.

Als junger Autoliebhaber hatte ich Pech

Ich war fünf Jahre jung, als mich mein Vater eine kleine Stecke im eigenen Auto mitnahm. Sogar auf dem Beifahrersitz durfte ich alleine sitzen. Für mich war das ein gravierendes Erlebnis. Ein halbes Jahr später wurde mein Vater zum Militär eingezogen.

Unser Opel P4 verschwand für sieben Jahre in der Garage. Während des Krieges habe ich mich oft darein geschlichen und die schönen schwarzen Kotflügel mit beiden Händen gestreichelt. Es hat mir Spaß gemacht die Garagen-Gerüche intensive in mich auf zu nehmen, das ein- oder andere Teil zu untersuchen, und alles zu begutachten.

Meine Mutter öffnete mir auch manchmal eine hölzerne Autotür und ich durfte dann auch schon mal auf dem Fahrersitz Platz nehmen. Ich fühlte mich wie der schon bekannte Rennfahrer Caric-cola, und versuchte schon als Siebenjähriger, die Motorengeräusche nachzuahmen, spielte mit dem Lenkrad und kurbelte die Scheiben rauf und runter.

Dann kam mein Vater nach sieben Jahren aus der tschechischen Gefangenschaft zurück. Er bastelte, schraubte, ölte und nach einigen Wochen ging auch das zweite Garagentor auf, und siehe da, der Opel P4 wurde auf den Hof geschoben.

Nun stand er da. Sauber und ordentlich glänzte er im Sonnenschein. Als ich mittags nach Hause kam, war das für mich, als sechzehnjährigen, der schönste Augenblick. Weil kein anderer Mensch in der Nähe war, wagte ich etwas Außergewöhnliches.

Ich setzte mich auf den Fahrersitz und drückte unten im Fußraum den Anlasser. Unglücklicherweise lag noch der zweite Gang im Triebwerk, so dass der Opel sofort los holperte. Der Schreck sauste mir in alle Glieder. Sofort verzog ich mich in den Keller, um einem Donnerwetter aus dem Weg zu gehen. Aber "Gott sei Dank" es war nichts passiert und keiner hatte überhaupt was gemerkt.

In kurzer Zeit hat mir mein Vater das Autofahren beigebracht, denn ich war ein interessierter und wissbegieriger Schüler. Endlich durfte ich auf unserem großen Hof schon mal, ganz allein hin und her fahren, bremsen und schalten. Mit siebzehn habe ich schon den

Führerschein gemacht. Der Fahrlehrer ließ mich sofort ans Steuer. Hinter mir saß noch ein zweiter Fahrschüler.

Genau nach einer halben Stunde musste ich halten. Er sagte zu mir: „Du bist schon viel schwarzgefahren, du kannst es". Mit dem Prüfer ging es so ähnlich. Als er mein Geburtsjahr sah, bemerkte er zum Fahrlehrer: „Der ist zu jung".

Dieser sagte nur: „Der junge Mann wird gebraucht, „und dann unterschrieb der Prüfer auch sofort den wichtigen Schein. Irgendwann hatte mein Vater wahrscheinlich daran gedreht.

Nun hatte ich also den Führerschein, Klasse III, natürlich auch noch mit dem notwendigen Stempel der französischen Besatzungszone. Ich war glücklich und zufrieden.

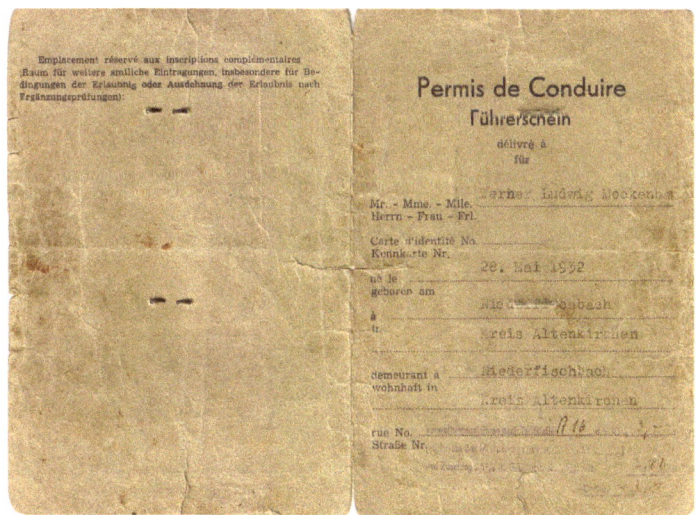

Am nächsten Tag, einem Samstag, erlaubte mir mein Vater ganz
alleine zu seinem Geburtsort Locherhof zu fahren, das ist ein kleiner Ort, etwa 8 km entfernt. Dort lebten meine Großeltern Oma
Martha und Opa Peter, Onkel Alfons und Tante Helene. Außerdem vier Kühe, fünf Schweine einundzwanzig Hühner und fünf
große Forellen in einem zwei qm großen Teich.

Ich kannte diese Strecke ganz genau, denn ich hatte diese Strecke
mit meinem Vater oft bewältigt, erst zu Fuß, dann mit dem Auto
auf dem Beifahrersitz.

Auf dem Bauernhof konnte ich in Ruhe die Maschinen inspizieren,
die Kühe streicheln und in der Scheune rumtoben. Dann musste
ich mich noch eine Zeit lang mit meiner Oma unterhalten. Sie

wollte vieles wissen, von meinen Geschwistern, von meiner Mutter, meinem Vater und Onkel Alois, welcher auch noch mit seiner Frau und drei Kindern in meinem Elternhaus wohnten.

Es war schon fast dunkel, als ich mich endlich mit dem noch frisch geputztem Opel auf den Heimweg machte. Ich merkte sofort, dass es sehr ungewohnt für mich war, mit Licht zu fahren. Schon bereute ich es, dass ich mich so lange aufgehalten hatte. Nun fing es auch noch an zu regnen, und zu allem Überfluss bewegte sich der Scheibenwischer keinen Millimeter.

Ich fuhr ganz langsam, war aber schon nervös. Die überwiegenden Teile der Straßen waren mehr oder weniger Feld- oder Waldwege. Es regnete stärker, aber das Licht funktionierte einwandfrei. Trotzdem zitterte ich jetzt an allen Gliedern. Plötzlich passierte etwas, womit ich überhaupt nicht gerechnet hatte. Vier kleine und ein großes Wildschwein liefen einfach von rechts nach links quer über die Straße. Ich bremste sofort und so stark, dass ich mit der Stirn gegen die Windschutzscheibe schlug. Gleichzeitig steuerte ich noch weiter nach rechts, damit ich nicht das letzte Ferkelchen noch verletzte. Dadurch rammte ich noch mit der Beifahrertür einen Baum und kam dann auch sofort zum Stehen.

Den Tieren war nichts passiert, sie liefen einfach weiter und verschwanden im Wald. Ich blieb zunächst im Auto sitzen. Ich musste mich erst mal wieder sammeln um zu verarbeiten, was alles geschehen war. Jedenfalls war ich ein geschlagener Mann. Meine Stirne blutete, die Scheibe war kreuz und quer gerissen, und die Beifahrertür absolut im Eimer. Meine Gedanken rasten mir im Kopf. Ich überlegte, was mach ich jetzt als nächstes, wie sage ich es meinem Vater, und was sagen die Leute in unserem kleinen Ort.

Der Wagen bewegte sich jedenfalls keinen Zentimeter. Es regnete weiter, und es wurde immer dunkler. Mir fiel ein, dass alle Einwohner von Locherhof morgen Vormittag zur Sonntagsmesse nach Niederfischbach automatisch an dem Unglücksauto vorbeikommen mussten.

Es war eine Situation, wo ich mir selbst leidtat. Es blieb mir aber nichts Anderes übrig, als die dreiviertel Stunde per Pedes nach Hause zu gehen, mit dem furchtbaren Gedanken, das Geschehen meinem Vater ja erklären zu müssen.

Meine Mutter hat mich erst einmal beruhigt und mir trockene Kleider gebracht. Mein Vater war nicht zu Hause. Als er später kam lag ich schon im Bett, allerdings ohne Schlaf.

Sonntagmorgen am Frühstückstisch ging es dann aber los mit ernsten und lauten Diskussionen. Im Vorhinein hatte aber meine Mutter schon viel Vorarbeit in meinem Sinne geleistet. Jedenfalls bin ich noch einigermaßen gut davongekommen, zwar mit einer gehörigen Strafpredigt, welche ich aber noch gut verschmerzen konnte. Günstig war für mich, dass mein Vater mir die Geschichte mit den Wildschweinen sofort geglaubt hatte.

Ich kann mir nämlich gut vorstellen, dass einige Bauersleute aus dem Locherhof, die Geschichte als Märchen angesehen haben, weil ja von den Wildschweinen nichts mehr zu sehen war. Mein Vater war im Vorstand des Schützenvereins und hatte viele Freunde. Einer davon hatte einen Lastwagen, womit dieser Kartoffel, Getreide, kleine Kälber und auch Briketts durch die Ortschaften fuhr. Beckers Ferdinand, so hieß der gute Mann, war sofort zur Stelle und half. Am Sonntagmittag stand das beschädigte Auto schon wieder bei uns auf dem Hof. Nach zwei Tagen war das Auto wieder ausgebeult und eine nicht mehr ganz neue Tür funktionierte auch schon. Die neue Scheibe kam dann auch drei Tage später. Es hat also einigermaßen gut gegangen, jedenfalls besser, als ich mir das am Samstagabend vorgestellt hatte. Nach vier Wochen durfte ich auch schon wieder alleine mit meinem geliebten

Opel P4 durch die Dörfer fahren. Ich war wieder glücklich und zufrieden. Heute, mit weit über Jahren, fahre ich immer noch gerne mit unserem PKW durch die Gegend.

Meine Enkelin Fabienne

Sie war die Jüngste von insgesamt drei Enkel, aber für mich war sie das Nesthäkchen, deshalb war sie meine Favoritin. Als sie die ersten Laute babbelte, verstanden wir uns schon ganz gut. Wenn ich ihr später aus einem Kinderbuch vorlas, wollte sie auch schon mitsprechen. Sie schlug dann ein anderes Buch auf und erzählte mir mit ihren ca. fünf Jahren schon richtige zusammenhängende Geschichten. Sie erzählte einfach aus ihrem Kopf heraus, obwohl sie ja noch gar nicht lesen konnte, was in dem Buch stand. Fabienne eröffnete mir, später wolle sie unbedingt Schriftstellerin werden.

Früh konnte ich schon mit ihr Schach spielen. Ärgerlich war Fabienne nur, wenn ich einen Fehler machte. Sie war der festen Meinung, ich hätte diesen Schnitzer absichtlich durchgehen lassen, um sie gewinnen zu lassen.

Zehn Jahre war sie alt als sie folgenden Aufsatz in der Schulklasse abgab:

Ein Telegramm von meinem Opa aus dem Jahre 1952

Aufsatz von Enkelin Fabienne Mockenhaupt (10 Jahre alt)

Meine Großeltern hatten über 40 Jahre ein eigenes Café in Frechen bei Köln. Mein Großvater, Werner Mockenhaupt, kommt gebürtig aus einem kleinen Ort in Niederfischbach, im Westerwald. Dort wohnten auf der Hauptstraße gleich drei Familien mit dem Familienoberhaupt Josef Mockenhaupt.

Mein Opa Werner war der Sohn von Josef Mockenhaupt dem III., man schrieb es so dann auch als Postanschrift Josef Mockenhaupt III und sage „Mockenhaupt Drei". Nach der Schule machte mein Opa eine Ausbildung zum Bäcker und dann noch zum Konditor. Er musste in vielen verschiedenen Orten arbeiten und war zum Schluss seiner Ausbildung in Iserlohn beschäftigt. Dort machte er dann auch 1952 seine Meiserprüfung. Ein Bild von dieser Prüfung habe ich mitgebracht. Es zeigt eine wunderschöne Torte, mit dem Thema „Olympische Hasenspiele". Die Figuren auf der Torte, die kleinen Hasen und die Rennbahn sind aus Marzipan hergestellt und bunt verziert.

In dem beiliegenden Telegramm schreibt mein Opa seinen Eltern, dass er seine Prüfung erfolgreich bestanden hat und kündigt seine Rückkehr nach Hause an für den nächsten Tag. Damals gab es ja noch kein Handy, mit dem man eine SMS schreiben konnte. So würde man es vielleicht heute machen. Man ging damals zur Post und dort konnte man solch ein Telegramm aufgeben. Dem Postboten musste man dann diesen Zettel ausfüllen, mit der genauen Adresse und dem Text, den man überbringen wollte.

Das Telegramm wurde mit einem Fernschreiber von der Post an den Empfänger übermittelt. Die Kosten wurden nach den Buchstaben berechnet, die der Text enthielt.

Deshalb wurden in diesen Telegrammen keine langen Texte geschrieben, sondern man kürzte alles möglichst weit ab. Das nannte man den Telegrammstil.

Der Postbeamte durfte von den Texten nichts weitergeben. Es galt auch hier wie bei Briefen das Briefgeheimnis. Er durfte auch an dem Text nichts verändern.

Telegramme waren Ende des 19. Und Anfang des 20. Jahrhunderts eine gute Möglichkeit, um Nachrichten zu überbringen, weil es noch nicht viele Telefone gab. Ein Brief dauerte damals ungefähr vier Tage und wenn man die Nachricht schneller verschicken wollte, wie bei meinem Opa, der ja schon am nächsten Tag nach Hause kommen wollte, so war das Telegramm viel schneller. Bezahlen konnte man es direkt im Postamt oder man bekam eine Telefonrechnung.

Mit einem Fernschreiber wurden dann die Nachrichten in ein Postamt in der Nähe des Empfängers, also bei meinem Opa nach Niederfischbach, zum Postamt übermittelt. Dort bekam der Mitarbeiter dann einen Papierstreifen, den dann ein Mitarbeiter meistens innerhalb von zwei Stunden nachdem das Telegramm aufgegeben worden war ausgetragen hat.

Mit 15 Jahren ist meine Fabienne gestorben.

Ich bin sicher, wir werden uns wiedersehen.

Zeitfracht Medien GmbH
Ferdinand-Jühlke-Straße 7
99095 Erfurt, Deutschland
produktsicherheit@kolibri360.de